십일월에 그린 유화

정두모 시집

백향서원

십일월에 그린 유화

초판 1쇄 : 2020년 11월 11일
지은이 : 정두모
발행인 : 정두모
펴낸곳 : 백향서원
등록번호 : 제399-2017-000067호(2017.12.23)
주소 : 경기도 남양주시 화도읍 수레로 1105-27 205동 604호
전화 : 010-5239-5713
팩스 : 02-323-6416
이메일 : jdmz2024@naver.com
블로그 : blog.naver.com/jdmz5713
blog.naver.com/jdmz2024
편집 : 해피엔 북스
사진 : 정두모

ISBN : 979-11-972112-0-1 03810

값 12,000 원

십일월에 그린 유화

정두모 시집

백향서원

프롤로그

시를 쓴다는 것은 즐겁다.
시를 쓰는 데 많은 시간을 보내었다.
시는 나의 흔적.
오래된 시는 아직 잠을 자고
근간에 쓴 시 120편을 정리했다.

시간時間은 자기 길만 가는지 야속하다.
공간空間은 넓은 데 내 지경은 좁아지는가
인간人間은 많은 데 인간다운 인간이 되려 한다.
시간 속에 공간을 차지한 한 인간으로 살았다.

그들의 기억에서는 멀어져도
나의 기억은 더욱 새롭고
보았으나 느끼지 못하고 알았으나 행하지 못했다.
인생과 사물을 주관적 가치관으로 관찰만 했는지
돌아보니 객관적으로 관조하지 못한 것이 아쉽다.
나의 글이 그대들의 느낌으로 공유되길.

2020년 11월
백향서원장 정 두 모

목차

제 2 부 시간의 그림자

제 3 부 - 너를 알고 싶다.

제 4 부 - 이름 속에 있는 이름

제 5 부 - 조금 남은 시간 앞에

제 6 부 - 시간의 틈 사이로 간 기억

제1부
기억의 강물은 신이 된다

에스프레소의 도시

칼라파고스

라틴어 여행

에피다우로스 원형극장

비각비루碑刻鄙陋

해금解禁

꽃이 된 상처

피란避亂

천국기별天國奇別

십일월에 그린 유화

불편한 그리움

다시 뜨는 별을 위하여

품격을 벗어나서

봄을 보는 겨울

갈무리의 소원

기억의 강물은 신이 된다

갇힌 자의 권리

난민촌의 주소

마귀 광대버섯

고통마저 품어야 아름다워진다.

에스프레소의 도시

바람의 도시.
도시는 아침 햇살을 받으며 시작된다.
쪽문을 열고 나선 이들
자기 그림자를 밟고 공간 이동을 한다.
무수한 문을 지나 또 다른 문을 열고 들어가
시작된 도시의 실존들
생존을 위한 것인지
목적을 위한 것인지
구분하는 것은 무의미하다.

현실은 녹녹하지 않다.
시작된 경쟁 멈출 자 없고
살아남는 자들만 또 살아남는 구조
우울한 도시 바람이 골목으로 나오면
햇살 높이 빛나고 있지만
빌딩의 그늘을 찾아 드는 상심한 얼굴들
기댈 곳 없이 흔들리는 동공의 불안,
문에서 문으로 연결된 도시의 공간
개방과 폐쇄에 길들여져
자유와 감금을 즐기며

희멀건 웃음을 주고받는 카페에서 찾은 안식
에스프레소 한잔으로 짧은 쓴맛을 길들이면
억눌림의 분출구 보이지 않을까

도시의 하늘에 초승달이 오르면
시작된 밤의 도시는 빛을 따라 어둠으로 잠적하며
짧은 만남과 반복된 돌아섬.
즐거움과 즐기는 갈망이 어우러져
도시의 밤, 이름은 사라지고
몇 개의 가면을 바꾸어가며
다시 한잔의 에스프레소를 마신다.

먹어본 자만 맛을 아는 에스프레소
도시의 그늘에 숨겨진 역상과 인상들
스쳐가는 어깨와 스며드는 향기와 악취들
거부할 수 없는 도시의 그늘을 즐기며 벗어나는 걸음들
반복되는 약속의 굴레에서 길들여지다
약속 없는 초라함으로 스쳐가는 얼굴을 보며.
에스프레스 한잔에 떨어지는 한 방울의 눈물
짧은 탄식.

칼라파고스

나는 나대로
그는 그대로
너는 너대로
살고 있는 것,

함께 할 수 없는
독특함이 아름다움이 되어
스스로 머물다
형상이 되는 곳에 존재로 남는다.

기웃거리는 웃음들 분별되는 그곳으로
그림자들 모여들고
일치와 차이를 가늠하는
기준이 기울어 가는데
생각이 머문 곳에 함몰된 감정의 자유들
침범 당하지 않기 위해서
스스로 칼라파고스 제도에 머물며
대륙에서 점점 멀어져가는
이격의 두려움
즐거움이 되면

고립 될수록 자유롭고
단절 될수록 새롭고
멀어 질수록 즐거움이
자신의 영역을 만들어 가는
칼라파고스,

칼라파고스 시민으로 입적하는 웃음들
알 수 없는 사람들
일치와 합치를 위한 부조화에 두려워
나는 나대로
너는 너대로
그는 그대로 살고 있다.

라틴어 여행

하늘에 글을 쓴다.
할 말이 많아서
사람들이 읽을 수 없기에 하늘에 글을 쓴다.

마음도 생각도 읽지 못하는 사람들
그들은 하늘은 할 일 없는 구름만 스쳐가는 것이라 한다.

하늘에 글을 쓰는 것은
보이지도 않고 지워지지 않기 때문이다.

하늘에 글을 쓰는 것은
쓰고 싶은 것이 너무 많아서다
붓으로 쓴 글은 읽지 않는 세대이기에
하늘에 글을 쓰면
하늘을 보지 않고 사는 사람이 없기에
하늘에 글을 쓴다.

하지만 땅만 보고 산다.
가끔 하늘을 쳐다보지만
하늘에 쓴 글은 읽지 못하는 난독의 현실

하늘에 글을 쓰는 것은
사명이 되고 외롭고 고독하다.

하늘에 쓴 글이 라틴제국의 역사가 되고
소멸된 라틴제국이 되었다.

하늘에 있는 문자를 내려 받아
육필로 세워 보지만 해석이 모호하다.

하늘에 글을 쓰는 사람들,
사라진 제국들과
라틴 문자로 쓴 하늘의 글들
역사의 장벽을 넘어가고 오면서
해석의 한계에 힘겨운 신음을 한다.

오늘은 하늘에 글이 되어가고
훗날 해석되지 않는 문자들이 통곡을 할 것이다.

에피다우로스 원형극장

무대를 중심으로 펼쳐진 원형의 석조 계단들
자기 무덤에 각을 떠내어 힘겹게 축조 되었다.

자기 반석에 좌정하고
아테네 시민은 무대를 행하여 소란을 떨고
광대는 시대의 눈물로 공간을 자극하면
시민도 광대도 극락의 희열에 지쳐간다.

바람만 쉬 돌아가는 *에피다우로스 원형극장,
좌정한 웃음을 남기고 떠나간
기원전 4세기 아테네 사람들,
새로운 얼굴들 객석을 관조하다
감흥과 탄성으로 채워지면
아테네 시민도 광대도 사라진다.

역사의 빈 공간이 된 객석들 사이에
한 사람,
21세기를 넘어오고 간 얼굴들 응시한다.

시간을 따라 간 얼굴들

시간 속에 잠을 자고
열정에 열광하는 함성들은 역사에 침묵한다.

관망하다 관조하는 심상에 피어나는 석화
마음 깊은 곳에 머무는 잔향으로 여운을 남긴다.

침묵이 침묵을 건너가는 시간에
스쳐가는 눈길에 담겨진 에피다우로스 원형극장
고정된 아테네 공간이
새로운 시간을 만들고
선택된 사람을 객석으로 부르고 있다.

* 에피다우로스 원형극장- 기원전 4세기에 축조된 그리스 아테네 원형극장

비각비루碑刻鄙陋

지나 온 길 정갈하고
지난 생각 아름다워 마음에 머무는 여운들
기념하여 아름다운 비각碑刻을 세웠다.

그 비각의 그림자 누웠다 일어서며 나를 품고
비각에 기록된 문자는 엎어버린 세월로 속삭인다.
남은 날들 생각하니 지난 날 같지는 않을 것인데
남은 일을 생각하니 조급한데
내 앞에 큰 쉼표 찍고 가는 그림자 없는 그는 누구인가

돌아볼 시간 없이 앞만 보고 살았지
옆을 볼 여유도 없이 나만 생각하였지
그늘진 사람은 보지 않고 영광의 자리만 보았지
나눔을 사치라 생각하며 인색함을 절약이라 말했지
개인적 아픔은 주관적 변명으로 침묵했지
보았으나 보이지 않은 듯 스스로 눈감고
들었으나 판단은 유보하며 철갑방패를 세우고
진심 없는 허세를 부리며 평판유지에 힘쓰고
불의와 정의를 상황에 따라 옷 입고
내 유익만 생각한 비루鄙陋한 카멜레온의 일생

돌아보니 지난 날 부끄러워 남은 날 생각하니
두려움이 잔잔한 떨림으로 번져가는 공간,

비각碑刻에 새겨진 찬란한 문자들
비각碑刻의 그늘에 일어나는 비루鄙陋함
자화자찬自畫自讚한 날이 허망하고
만구칭송萬口稱頌받은 일들 부끄럽구나.
일언지하一言之下 권위는 오만방자傲慢放恣했고
박학다식博學多識은 식자우환識字憂患 이었다.

천방지축天方地軸으로 살아온 세월 생각하니
무지몽매無知蒙昧한 일생이니
비각비루碑刻鄙陋한 일생 이었구나.
남긴 것이 없고
남을 것이 없는
초로인생草露人生 바람은
영생지미永生之美로 돌아가고 있는지

* 비각비루碑刻鄙陋 비각에 새겨진 더러운 행실들

* 영생지미永生之美 영원한 천국으로 가는 길이 아름다움

해금解禁

풀어헤친 가슴으로 모인 햇살,
뿌리 없는 바람 불어
문틈 사이로 스며온 새로운 숨결
생명으로 일어서 꽃이 된 계절들

감금의 시간 열리고
돌아온 *해금의 계절
감금된 자유가 비틀거리다.
눈동자 안으로 고여 오는 여유로움이
저마다 누림의 웃음 번져 가는 곳
쌓여가는 문자와 언어들

감정이 홍수를 이루어
더욱 낮은 곳으로 운집하는 얼굴들

새로운 시대가 만들어낸 빈 의자 하나 두고
감금에 억눌린 자 부르는 해금의 메아리
귀 있는 자도 듣지 못하는 난청

*해금解禁-하지 못하게 하던 것을 풀어 줌

꽃이 된 상처

꽃이 되기까지 입은 상처 보다.
꽃이 된 후 입은 상처가 더욱 깊었다.

꽃이 되기까지는 타인의 세계에 존재했다.
꽃이 된 후 꺾어보려는 현실의 힘에
힘겨운 지킴은 저항과 고독한 상처로 남고
볼 수 없는 내밀한 곳에
상처가 된 가시 꽃들,
꽃이 된 상처들
균형 잃은 조화 진행 중이다.

꽃이 된 상처가 가슴에 자리 잡고
꽃을 피우기 위하여 상처를 입어가고 있다.

꽃 피는 날에는 꽃만 보고
상처 입은 날도 꽃만 보아야겠다.
상처가 꽃이 되고
꽃이 상처가 되는 세상에서
꽃이 되는 짧은 시간으로 만족하다.

피란避亂

운집과 결집으로 연결된 숨결 견고하다.
빈틈없는 완벽한 힘 멈추면
방향을 찾지 못하고 방황한다.
반복되는 그림자들 중첩된 집합을 이루지 못하고
거침없이 수직으로 내려오는 빛
부드러운 수평적 저항에 굴절된다.

수직과 수평의 균형이 무너졌다.

새로운 관점은
새로운 군집을 형성하고
해체의 흔적을 남기며
머무는 것
떠나는 것
방황하는 것
새로운 집단을 형성하며 각각 *피란을 간다.

격변의 시간들 몰려와 흩어지면
상처 입은 입술에 구슬소리 들린다.
해석 할 수 없는 그 소리

피란의 길을 열고
열려진 동공으로 바다는 깊어진다.

머무는 것도 곤란한 듯
떠나는 것도 심란한 듯
방황하는 것도 소란한 듯
흔들리는 가치관 중심을 잃고
앞서간 그림자 따라 나선다.

방향은 중요하지 않는 듯 넓은 길이라면.
피란을 함께하는 자가 있다면
함께 두려움을 느낄 수만 있다면,
운집과 결집의 숨결 무너지면
강한 곳에서 약한 곳으로 기울어지기도
약한 것이 강한 곳으로 스며들기도
더욱 거칠어진 호흡
피난처 찾아 나선 피란들,
피난처를 찾지 못해 무너지는 피란들.

* 피란避亂-난리를 피하여 옮겨 감.

천국기별天國奇別

깃발 세우는 힘겨운 중심잡기
찾아 갈수 없지만
찾아 올수 있도록 세운 백옥 깃발

기다리다 지쳐 갈 즘
펄럭이는 깃발에 바람으로 그린 얼굴
애절한 칼라로 물들인 만장輓章
높이 들고 나선 부름 없는 천국 길

가다가다 멈추고 보니
앞서 간자 머물고
뒤짐 진자 저 앞서 멀리 가니
나는 어디쯤 있는지
새벽에 나서는 천국 기행
저녁에는 침상에서 혼절하고

어제 내려놓은 그 것
오늘 짊어지고 있는지
나도 알 수 없는 현상 반복되는 시간들

붙들어도 매이지 않고
놓쳐도 허전하지 않는 것을
미련을 남겨도 남지 않고
아쉬움도 머물지 않는 오늘.

어제가 오늘이 되어도
오지 않는 천국기별
내일 이면 오려나.

십일월에 그린 유화

십진법에서 벗어난 너는
자투리 날짜 서른 칸을 가지고 다가와
조금 서러운 표정으로 십일월에 그려진 유화,

아름다운 아지랑이 꽃 잔치,
청록 계절의 천둥을
진홍치마 곱게 차려 입고 산마루 넘어간 시월,
시월로 종결된 것으로 생각했는데
십일월, 너는 너의 그림을 그리며
지난날을 너의 캔버스에 사로잡고 있느냐.

시월이 벗어버린 진홍치마에 집착하여
산과 들로 바람을 몰고 다니면서 괴롭히고 있느냐
앙상한 가지들 흔들며 비명을 지르게 하면서
서리 발을 세워가며 묵은 감정을 들어내느냐
너는 가을도 아니고 겨울도 되지 못하는
어정쩡한 틈바구니에서 너의 그림을 그리고 있지만
관심밖에 존재하는 너는, 너 자신을 아는가.
화려한 색조가 금지된 십일월에 그린 유화는
빛바랜 황갈색만 허용되었을까

너의 뒤편에서 종말을 준비한 십이월이
화려한 성탄절을 준비하고 조바심을 가지면서
너를 무척 성가신 존재로 생각하는 것을 모르는가.

십일월에 그린 그림에 감금된 시간들이
불편한 듯 신음 하면서
과거에 집착하기 보다는 차라리,
십이월의 종말을 원하고 있는데
넌 종말의 걸림돌이 되어
너의 시간에 함몰되어 있느냐.

시간은 같은 시간이 아니며
기간은 같은 기회를 주지 않고.
계절은 각각의 의미를 가지는데
십일월의 유화를 그리는 너는 누구냐
너의 그림에 스스로 감격하고 있지만
네가 그린 그림을 보고
불편해 하는 이들의 마음을 너는 알고 있느냐

불편한 그리움

살다보니
살아보니
남겨진 것은
편안함과 불편함이 어우러져
이상한 그리움의 카테고리로 심장에 남았다.

어쩌면,
생각하면
심장이 두근거리며 뛰는지
지워버렸으면 좋을 것을
심장에 자리 잡고 있는지
내 불편함을 내가 지울 수 없어
쓰라린 가슴 안에 기억의 꼭짓점에
위태롭게 직립하고 있다.

차라리,
외줄타기를 하는 광대가 되어
위험한 족적을 남기고 사라지는 것이 좋을 듯한데
생각은 과거로 회귀하지만
기회가 상실된 현실에서

혈압이 불편한 그리움으로 가고 있을까

편안함에 익숙하여 가는 체질
숨겨진 불편함이
그리움이 될 때는
남은 날들이 그리 남지 않았는데

유유 자작하는 편안한 저 타인의 시간 속에
주어진 내 시간의 자투리에서
홀로 곱셈하는
초조한 마음에는
불편한 그리움도 그리워진다.

다시 뜨는 별을 위하여

밤에만 뜨는 별이 밤이 싫다면서
자기 별 빛의 아름다움을 보여 준다며
낮에 뜨는 별이 된다며 밤 별무리를 떠났다.

밝은 태양이 지배하는 낮에 나온 별은
혼신의 힘을 다하여 빛을 발하였다.

아침부터 저녁까지 태양은 자신의 궤도를 돌면
따라 돌며 별빛을 발하였으나
햇살에 묻혀갔다.

태양은 낮을 밝히는 유일한 발광체
낮에 나온 반달은 가끔 있지만 다시 밤으로 돌아가고
낮에 나온 별은
별이 아닌 똥별

낮에 뜨는 별
존재감 없이 지쳐 갈 때
별은 밤의 진실을 생각했다.

별은 밤에 존재해야 하고
별은 아침이 오기 전에
어둠으로 숨어야 하는 것을
낮은 태양을 품고
밤은 별을 품고
밤별은 무리 지어 은하수가 되지만
낮에 태양은 별빛을 허용하지 않는 지존의 질서

어두움이 오면 은하수는
잃어버린 한 별을 위하여
길고 긴 기다림의 밤을 보내며
넉넉한 자리를 마련하고 밤샘을 한다.

품격을 벗어나서

자유로운 관망에서 형성된 품격들
품격을 벗어나는 현실
이탈의 묘미 야릇한 쾌감으로 번져간다.

누군가 설정한 제도의 틀에 부여된 품격들
연습과 학습이 관습이 되고
형식에 품격을 부여한 불편한 관습의 시대

이탈의 위험을 경종하는 적색경광등
누가 설정하고 설치했는지
생각하는 사람들은
자기 그림자를 짓누르며
자기 자리에 침묵하나
기회가 오면 품격을 벗어난 자유를 꿈꾼다.

속박되지 않는 자유의 자유들
감독받지 않는 평안의 여유들
감시받는 시선들을 벗어나
함께 할 수 없다면

홀로라도 누려 보고 싶은 느슨함들
품격을 벗어난 자유가 인정된 현실의 소통
가감 없이 감정을 표현하는 마음들

날선 시간에 감금된 품격을
강요당하는 시대에
깨뜨림의 혁명적 혁신으로
부자유한 품격을 넘어서
새로운 수평과 수직이 교차하는 곳에
생성된 새로운 십자가를 갈망한다.

봄을 보는 겨울

기다리는 그에게 찾아온
너는 냉정한 목소리를 나뭇가지에 걸치고 있다.

나무들은 둥지를 흔드는 몸부림에 쉬 지치고
남은 잎사귀를 간직하려는 애절한 몸부림마저
허망하게 만드는 너는 어찌 심술이 그리도 많은가

계절이 오고가는 길목에서 가을이 가면
겨울이 올 것이라며 기다린 겨울이었는데
냉정하고 차가운 입김만 하늘을 울리는가.

너의 못된 생각은 은밀하게 빙판을 만들고
연약한 사람을 넘어지게 하면서
숨겨진 웃음으로 즐거워하는가.

어두운 밤을 휘돌아 가며 서릿발을 세우고
할 말이 얼마나 많았으면 새벽닭이 울 때까지
잎사귀 떨어진 나무둥지를 흔들고 있는가.
떨어질 것이 없이 뼈다귀만 남았는데 말이다.

나도 그러한 날들이 있었는데
너를 이해 할 상처가 있었는데
감추고 살다 보니 뼈속 깊이 새겨진 고통이
온 유월에도 찬 서리가 뿌리를 내렸는데
더위를 먹었다며 빙수를 주더라.

산다는 것이 단순한 것 같아 보였는데
계절을 따라 가다 보니 쉬운 것이 아니다
봄이 생각하는 겨울이 있지만
겨울이 생각하는 봄도 있다는 것을 아는가.

산다는 것이 자기 생각에 함몰 되고
함께 산다는 것은
타인의 생각을 넘어가는 것인데
너의 생각에만 머물러 있는지
나도 내 생각을 넘지 못하는지 모르겠구나.

서로의 생각이 넘지 못하는 것은
시간이 넘어가는 것이지

갈무리의 소원

두발로 걸어가는 생각 최고를 꿈꾼다.
고수가 아니면 살아남지 못하는 현실,
각각의 유전자 독보적 존재로 남겨진다.

삶에서 생존으로
생존에서 경쟁으로
경쟁에서 전쟁으로 가고 있다.
분석과 평가를 거듭하며 결정되는 등급
각각 꼬리표를 달고 자기 위치를 찾아 간다.
차등의 매서운 눈초리에 피를 흘리며.

오가는 눈길에 결합된 것 짝을 찾아 가고
갈무리된 종자들은 새로운 경쟁을 위하여
차별과 선별의 징검다리를 건너면서
또 한 번의 갈무리를 염원한다.

남겨진 씨앗은 굶주린 자를 위하여,
생성과 소멸의 순환 구조 속에
갈무리 되는 것 중에 남겨진 새로운 갈무리들,

지존의 가치를 간직하며 격실로 은둔하고
더 우수한 유전자를 증식시켜가는 생존질주
허전한 그림자 곤고하게 내려앉는 숨겨진 현실.

다 함께 하였으나
다 함께 할 수 없는 것들
동일한 유전자와 씨앗을 남겼으나
또 다름을 추구하며 새로운 갈무리를 요구한다.

현실은 존재하나 환경을 느끼지 못하며
동일한 계절에 살아가나 계절을 느끼지 못하고
씨앗을 남겼으나 꽃은 보지 못하였고
갈무리는 되었으나 가치를 인식하지 못하며
스스로 지존의 가치를 부여하며 홀로 웃고 있다.

기억의 강물은 신이 된다

바람과 구름이 모여 생명이 되었다.
생명들,
선명한 그 형체들이 시간의 계단을 내려가
기억의 강물 속으로 잠수하면
동심원 물보라를 일으키며
존재에 대한 마지막 항변들
햇살이 지나가고,
달빛이 지나가고,
별빛이 무리지어 속삭이는 날들이 은하수가 되었다.

대지는 지축을 흔들며 침강과 융기의 과정을 겪으며
기억의 강물과 물줄기를 이리 저리 바꾸어
수목과 초목이 어우러져 새로운 숲이 되었다.

기억이 지워진 어느 시간
사라진 도시의 잔해를 발견한 얼굴들
흩어진 조각을 들고 추론과 유추의 다림줄을 세우고
수평을 잡아가지만 구심력에 흔들리는 다림추는
구심력으로 허공에 알 수 없는 원을 그린다.

우연히,
기억의 강물 속에 잠수한 유물 하나 수면위로 부상한다.
신비한 눈빛으로 관조하지만 결론 없는 소리 난무하다.

그때도 그것은 알 수 없었다.
지금도 그때를 알 수 없다.
숨겨진 해답을 찾아 배회하는 유체이탈의 관념들
흩어지다 다시 모이지만
시간의 계단을 넘어갈 수 없어
기억의 강물에 수몰된 것 무엇인지 알 수 없어
다시 영원의 무덤에 간직하며
신神의 비밀에 부치며
해석할 수 없는 영원한 비밀을
신비神祕라 하며 침묵한다.

신神은,
신비神祕가 없다.
신비를 느끼는 것은 신神이 아니다.

갇힌 자의 권리

스스로 문 닫고 자물쇠 열고
스스로 문 열고 자물쇠 닫고
문을 열면서부터 시작하고
마지막은 문을 닫음으로
통제하는 그림자
스스로 문을 만들고 자신을 감금하는
그 공간에서 자유를 누리는 한정된 행복들,

갇힌 자들의 도시

단조로운 발자국 따라가며
한정된 생활에 맴돌며 시력을 잃어간다.

볼 수 있는 것만 보고
볼 수 있는 것도 심상에 따라 거부하는
선별적 자존감
그곳에 만족하며
창밖의 풍경 동경하지만
스스로 문을 닫는 갇힌 자들

찢어진 마음 겹겹이 숨기며
자기 시간에 맞추어
화사한 옷차림으로 거리를 나서며
자기 그림자 보이지 않는다.

그들의 뇌리 속에 숨겨진 각각의 비밀번호
누구도 해독 할 수 없는 보안 장벽
자신만이 열 수 있는 공간
스스로 주장하는 갇힌 자의 권리,

난민촌의 주소

산다는 것 단순한 것 같았는데
그리 힘들고 어려운지
깨닫기 까지는 절반의 세월을 보내었다.

고향을 버리고 찾아온 사람들이
모인 도시,
변두리에서 도심으로
빈촌에서 부촌으로 줄을 선다.
밀어주는 이도 없지만
넘어지는 얼굴이 더욱 많아지는데

주소가 얼굴이 되어 간다.
특별시 사람
광역시 사람
읍 사람
시골 사람
삶의 터전이 얼굴이 된 도심은 난민촌이다.

대학병원에서 빌딩의 상가 즐비한 병원들

마지막 찾아 가는 곳
정신병원,
정신과 의원에 줄을 선 군상들의 근심
처방전 받아 약국으로 가고
교회로 가고
무당을 찾아 간다.

출구 없는 도시로 밀려오는 난민들
난민들도 동등하지 않다.

말할 수 없는 상실감을 채워가는 도시인
자신의 주소를 쓰는 손길이 떨린다.

현 주소가 능력이며 권리가 된 난민촌
주소 변경이 어렵다

마귀 광대버섯

여름 소나기 질금 내린 후
찜통햇살 몸부림치면
더위 먹은 얼굴
매몰차게 보낸 싸늘한 겨울을 그리워한다.

매일 참나무 숲 길
천마산을 걸으며 지난 날 돌아보면
감사한 것도
아쉬운 것도
다 지난 것이라.
감정만 점점 자라 가는지
정상을 향한 발걸음 외롭다가 지쳐 간다.

참나무 숲 옆길에 마귀광대버섯 피었다.
둘러보니
무당버섯,
미치광이버섯,
마귀 곰보버섯,
이름 모를 버섯들.

저 버섯도 장마 때가 한 철인가보다.

아름다운 마귀 광대버섯
먹으면 24시간 미친다.
그때, 먹었는데 24년을 미쳐 살았다.

마귀 광대버섯 먹고 미쳐보니 보이더라.
미쳐가는 사람들
미친 척 하는 사람들
차라리 미치고 싶어 하는 사람들
미친 것도 모르고 살아가는 사람들
멀쩡한 사람 미친 사람 만들어가는 것
보이더라.

마귀광대버섯 먹은 그때,
세상이 미친 줄 알았는대
돌아보니 내가 미쳤더라.

고통마저 품어야

연습이 없다.
항상 새로운 것
의미를 아는 사람은 지루하지 않다
열매가 없는 사람만 진부한 것
언어에는 다시 한 번이 있다
삶에는 다시 한 번이 없다
언어와 삶의 사이에 존재함으로 후회한다.

잘한 것도 한번으로
잘못된 것도 단회로 끝난다.
야박한 놀이라
늘 개운치 못해 여운이 남는다.
모든 것이 처음이면서 마지막이다.
순간이 귀중해 가치를 두지 않는다.

되돌리고
되살리는 능력이 없는 위험한 생존이다.
행복과 불행
아름다움도 추함도

젊음도 늙음도 한 과정이다.

모든 것이 영원하지 않고
고통마저 품어야 아름다워진다.

잘 생각하고
잘 행동하고
잘 살고
잘 죽어야하는데
잘 안 된다.

알면서 가장 어려운 것이 삶이다.
연습이 없으니까
후회가 깊어진다.

차라리 고통이 그리워 질 때가 있을 것이다.

제2부
시간의 그림자

아틀란티스의 종말

I

플라톤은 사라진 *아틀란티스를 아테네 시민들에게 말했다.

믿을 수 없는 전설을 찾아가는 현실은 진실을 가정하고
시간을 역행하는 멀고 먼 유체이탈의 여정

존재했으나 흔적 없는 아틀란티스,
실존적 역사였으나 증명할 수 없는 전설
기억에서 기억으로 건너 온 가인의 구전들

아틀란티스를 영원으로 매몰시킨 그는 누구인가
전설로 묻어두어야 할 만큼 심오한 정의
플라톤의 절규 미친 메아리가 되었다.

묻혀버린 아틀란티스 구전으로 살아남아
전설을 진실로 만들고
진리로 세우는 *니므롯의 전사들
가인의 바이블을 만들어
아틀란티스의 정경으로 인준했다.

II

아틀란티스 산맥에 은둔한 목수 노아
*야훼의 계시를 받은 후 올린 종말 기도

네피림의 종말을 위하여 궁창 하늘을 여소서
아틀란티스의 산맥을 태초 이전으로 돌아가게 하시고
흑암이 공허한 수면 위에 야훼의 새로운 발자국 남기소서.
존재를 위하여 살았으나
존재를 지워야만 하는 죄악을 보소서
현실을 존재에 머물게 할 수 없는 피의 역사를 지우소서.

노아의 눈물이
궁창 하늘을 열고
땅의 깊은 샘을 깨우고
홍수로 수몰된 아틀란티스 천지
남겨진 사체들
모든 생명은 주검으로 전설이 되었다.

노아 방주에 남은 자의 소원이 야훼의 눈물이 되고
아라랏 산에 제단을 쌓고

하산하는 노아에게 들린 야훼 음성

생육하고 번성하여 땅에 충만 하라

시날 평지에서 아틀란티스의 망령이 살아나 바벨탑이 될 때
야훼의 분노 소돔의 불길 되어 죽음의 사해가 되었다.
소돔의 그림자 일어나 야훼가 없는 아틀란티스 꿈꾸며
아수르. 바벨론, 페르시아, 헬라, 로마제국 건국하고
오늘 아틀란티스 황금제국을 건설했다.

Ⅲ

이세의 줄기에서 세상 죄를 지고 가는 어린양
베들레헴에 다윗의 자손 주, 예수, 그리스도가 오셨다.
갈보리 십자가의 보혈로 다 이루었다 하시고
사흘간 사망의 무덤에 머물다 부활로 영생하여
새 하늘과 새 땅으로 가는 천국 문을 열고서

수고하고 무거운 짐 진 자들아 다 네게로 오라

새 하늘과 새 땅의 천국 문을 여시고
아틀란티스의 종말을 선포하고 *스올의 문을 열었다.

내가 진실로 속히 오리라

주 예수여 들으소서.
그리스도를 위한 순교자의 피의 외침인 *마라나타
심판의 구세주로 강림 하소서

비밀의 아틀란티스 권세를 스올에 보내시고
처음 하늘과 처음 땅을 소멸시키시며
빛의 자녀를 새 하늘과 새 땅으로 인도하여
그리스도와 함께 천국의 기쁨을 누리게 하소서
성도와 함께 영생의 희락의 춤을 누리게 하소서

* 아틀란티스(Atlantis) - 상상을 훨씬 뛰어넘는 초超고대문명은 전설만을 남기고 바닷속으로 사라져버렸다.
* 니므롯(Nimrod) - '배반'이란 뜻. 인류 최초의 영웅이요, 뛰어난 사냥꾼(창10:8-12). 메소보다미아의 중요 고대 도시 시날, 바벨, 에렉, 악갓, 갈레, 니느웨 등을 건설했다
* 야훼(Yahweh) -구약 시대에 이스라엘인들이 하나님을 부르던 고유 명사.
* 스올(Sheol) - 죽은 사람들이 가는 형벌과 고난의 장소 지옥을 의미한다.
* 마라나타(Marana tha)-'주님, 오시옵소서'(Come, O Lord!), '우리 주님께서 오십니다'예수님의 재림을 간절히 사모하는 초대교회 성도의 신앙과 소망이 함축된 기도문이자 성도 사이의 인사이다(고전16:22; 계22:20).

구절초九節草

가을 하늘 멀어진
산야를 스치며 바람결에 피어난 구절초
인적 멀어진 곳에 홀로 피어
따사한 눈길 벗어난 자리에 그 한 사람을 생각하며
구절초 향기 뿌리고 있다.
스스로 찾아오지 않을 자리에 머물며
다가서지 않는 지존의 자리 후회하지 않고
가을이면 그를 생각하고
그를 위하여 홀로 꽃 피우고
그에게 향기 보내는 구절초
찬 서리 내리는 시월 중순
별도 나비도 찾아오지 않는 산야에
실바람에 흔들리며 홀로 있는 외로움 앞에
아홉 가지 매듭 풀지 못한 그 사람
조용히 찾아와 홀로 바람에 흔들릴까

첫 눈이 내리는 날 몇 날이 남은 듯한데
구절초는 하늘만 바라보고
그 사람은 구절초를 바라볼까

가을을 보내며

짧은 가을이 가면서 눈물을 흘린다.
가야 할 때 가는 것이 아름다운 것
가는 가을을 따라 가겠다며 나선 단풍
가을에 촉촉이 젖어가고
내 마음도 가을이 되어 떨어지고 있네.

그 때는 아쉬운 것들 가슴 저미는 일들이었는데
돌아보면 그것도 아름다운 것이었다.
독백하며 생각하는 그 사람들 그립고
멀어진 그 사람들 한번만 보았으면

함께하는 이 사람들 감사한지
그 봄으로 돌아갈 수 없지만
봄날의 아름다운 향기들 잊지 못하고
가을 단풍들도 아름다운 것
돌아보며 그리워하지 말고
지금 만족하며 느끼는 것이
남은 날들의 웃음이 되지

망초 춤

칠월의 먹장구름 하늘을 덮었다.
며칠을 통곡하며 눈물 흘리고 있다.

*망초忘草,
너의 눈물에 스며들어간 초라한 나도 힘겹다.
며칠을 두고 울어야 할 사연은 무엇인지,
어쩌면, 모르는 것이 좋겠다.

나도 숨기고 싶은 것이 많은데
울고 싶은데 울면 안 된다 하니
마른 눈물을 흘리며 웃는다.
알려고 하는 그들이 얄밉다
기회가 되면 아는 척하는 그를 지우고 싶다.

폭우가 진동하는 하늘 틈 사이에 선 망초
망각忘却에 겨움이 하얀 웃음으로 흔들린다.
웃을 때가 아닌데 말이다.

흔드는 바람은 지나가는 것이지

머물지 못할 것이라면 체념하자
'개망초'라 식물도감에 올린 권력을 벗어나자
망초忘草는 망각 할 자유가 있지 않은가
그 이름으로 돌아가자
거친 바람을 흥겨운 리듬으로 춤추는 망초의 역습
관망하든 물망초 덩실덩실 바람을 탄다.

어찌 할 말을 다하고 살 수 있는가.
느낌은 감정 일뿐 진실이 아니었다.
감정을 진리로 강요당하는 대면들 벗어나면
망각하는 추임새 가벼워진다.

천둥뇌성을 벗어나면
숨겨진 터전으로 다시 찾아온 그가
개망초 하얀 얼굴에 키스를 하며 춤을 춘다.
물망초의 잉크 꽃으로 한편의 시를 쓴다.

* 망초忘草 - 옛 기억이 없는忘 오늘의 풀草

무연고 묘지기

우거진 숲속
갈참나무 그늘에 무너진 봉분
찾는 이 없이 온종일 나무 그늘만 머물다
저녁이면 구슬픈 산새 울음만 모이는 곳

그 때는 구만리를 오고 가드니
언젠가 이곳에 누워서 말이 없는가

가슴 저미며 찾아온 혈족들
자기 무덤으로 갔는가.

허전한 산 능선에 누운 곳
기억하는 이 없고
기억 할 수 없는 시간과 사람들,
백봉산 오르는 길목에 누운 저 사람
일어나지 못하고 오늘도 누웠다.

그때 세워진 봉분 평토장이 되고
나무 그늘로 조각난 하늘만

무심하게 정오를 넘어간다.

기억하기 위해서 살았다
기억 해 주기를 기대하였다

내 기억이 사라지면
저들의 기억에도 사라지는 나

저 곳에 누운
그 사람은 누구였을까
의문을 가진 나는 누구인가

목련

바람 지난 자리에
하늘 틈 살짝 밀어내고
하얀 얼굴 밀어낸다.
너무 좋아 크게 웃는데
시샘하는 바람이 자기 자리라며 흔들고 있다.
말 못하는 하얀 얼굴 가련해 진다.

꿀벌 한 마리 날아와
하얀 얼굴을 만지며 균형을 잡는다.

바람은 소리 없이 떠나고
햇살 조용히 번지는 오후
꽃들의 웃음 아지랑이와 춤추며 구름 잡기를 한다.

바람이 지난 자리에
내 자리를 펴고
꽃들의 숨겨진 숨결 증폭시켜간다.

소리 없이 바람은 자기 자리로 돌아와

하얀 얼굴을 흔들고 있다.

머물 수 없는 집착에
저항 할 수 없는 순결이
스스로 자신을 흔들어
바람을 타고
바람에 밀려가는 애잔한 소리를 경청하며
환한 미소를 보낸다.

오고,
가는 것,
머무는 시간 분 초에 연연하지 말고

핀 꽃
떨어져야 하는 것이라면
탓하지 않고
스스로 떨어진다.

시간의 그림자

가다가
오다가
길 위에서 만난다.

여분의 시간 조금 빌어 담고
응집한 빛으로 상상을 만들었다.

가다가 보고
오다가 보니
빌린 시간이 주인을 찾아 간다.

멀어져 가는 시간의 그림자
가는 길에 눕고 있다.
돌아오는 길에는 볼 수 없을 것 같다.

무엇인지 인식하지 못할 그 때가
오늘 보다 자유로웠는데
아쉬움,
깨우침은

늘 함께 오는구나.
알듯 모를 듯 틈바구니 속에 빛이 들어오면
숨겨진 시간을 은밀히 담아
무명의 수취인에게 보낸다.
우연의 기회에 묻어 두자

가다가
오다가
상상을 깔아가며

우연한 그 때,
시간의 그림자 어디에 머물고 있는지 알 수 있을까

살아 숨 쉬는 별

깊은 흑암에 떠 오른 별무리
은하수 빛의 산맥으로 어둠이 따라간다.

별무리 중에 내 그림자 만드는 별이 있다 하는데
그 별은 어떠한 별일까

밤이 깊어지면
별 하나 가져오고
별 하나 밀어내고
쉬지 않고 별 무리 속에
내 존재의 숨결 불어 넣지만
별무리는 어둠에 침묵한다.

빛이 존재에 다가오면 생명이 되고
생명은 그림자로 남는데
늘 존재만 있고
그림자는 없는 현실,
그림자가 없으면 존재도 없다는 현실.

숨 쉬는 별을 찾아가는 무명의 행성들 줄을 선다.

세대와 시대를 유산으로 남기며
침묵에 존재하는 세계는 비밀을 원한다.

흑암은 다시 깊어지고,
살아 숨 쉬는 별이 있을 것인데

알려고 해도 알 수 없고
찾아도 보이지 않는 은하 빛의 산맥들

빛과 빛사이에 머무는 어둠은 하나
빛과 빛은 하나
찾지 못한 살아 숨 쉬는 별 찾아간다.

재해석

아마도, 만약에 그러니까
다시 생각하고 과거로 돌아가
오늘을 재해석하면 새로운 세상.
현상과 현실을 재해석할 때 다가오는 희열
현실의 거대한 그늘에서 벗어나
맑은 빛의 세계로 승천한다.

가정법의 테두리 벗어나
상상의 세계를 넘어가는 재해석들
때로는 황망한 존재를 새롭게 평가하고
삶은 더욱 높은 곳에 머물게 한다.

재해석의 결과 현실의 간격 클수록
중독증상은 더욱 심해지고
재해석의 빈도 높아질수록 가벼운 오늘 무거워 진다.
오늘은 오늘일 뿐
재해석의 자유로운 시간 여행 중단하고
햇살 아래 내 그림자 가름하며
조용한 시간에 홀로 선다.

비밀의 꽃

아침에 잠깐 피었어요.
낮에는 숨어 지내는 잉크빛 나팔꽃,
온종일 입술을 닫고,
가을 하늘을 닮았는데
낮 하늘은 보지 않고 사는지요.
무슨 사연이 있겠지요

어두운 밤하늘 은하수에 한 별을 사랑하는가요

숨겨진 비밀이 있겠지요.
잉크 빛 나팔꽃 비밀을 아는 이가 없네요

무덤 까지 가는 숨겨진 비밀 하나는 있겠지요.

비밀은 비밀로 있을 때가 신비해요

요즘은 아침 마다.
있는 그대로 잉크 빛 나팔꽃을 보기만 해요
닫힌 입술을 열려고 하는것 보다 함께 입술을 닫았지요.

잠시

잠시 왔다 가는데
잠시 머무는 것인데
잠시 그 곳에 가도 되는지요
잠시 또 오세요.

잠시란 며칠인지 몰라요
잠시란 몇 년인지 몰라요

그 때는 몰랐는데
지나고 보니 잠시었네

난 잠시 안에 있으면서
나만의 시간을 만들고
다른 이들의 잠시를 엿보고 있네.

파편

빛의 파편이
조화를 이루어
무질서한 현상이 되어간다.

감각에서 망각으로
망각에서 기억으로
사라진 빛의 흔적
겹겹이 응집된다.

빛의 파편이 응집하는
시간 속에
머물려 하는데

시간은 나를 지워간다.

만남을 지나

한 생명이
오니 가고
가니 오네.

멈출 곳
머물 곳
떠날 곳
알 수 없는 그 곳으로 가는데

찾아 왔는데
그는 가고 없네.

찾아 올 그들
찾을 때
나는 가고 없을 것인데

그도 없어질 것인데

봄 향기

바람 숭숭 스쳐가든 삭정이들
파란 잎 촘촘히 입고
햇살 막아서며 붉은 꽃 가슴에 피었다.

불어오는 봄바람 헐렁해진 옷차림들
봄기운 오르면 연한 순들 줄기를 타고
벌떼들, 가슴에 핀 하얀 꽃, 붉은 꽃, 노랑꽃 들
나무에서 내려앉은 들녘 꽃들
듬쑥 듬쑥 징검다리 삼아
꿀을 빨아올리며 달콤한 봄에 젖어 들어가는 봄 향기
물 오른 나뭇가지 바람에 넘실거리며
유연한 햇살 스칠 때마다.
깊숙이 타고 흐르는 야릇한 느낌
숨겨진 본성 꼿꼿이 깨어나
녹색의 바람을 따라 능선을 넘어 돌아선다.
꿈틀거리는 거친 호흡 입 맞추어
가슴 깊숙이 빨아들이는 봄 향기
지천으로 불어낸다.

하늘 아지랑이

오늘은
오늘,

목련이 피고 지는
봄,

아지랑이가
꽃을 피우고,

나른한 시간이
투명으로 흔들리다
하늘을 올라간다.

내 그림자가 끌려 올라간다.

산 벚꽃 가는 길

북악산에 봄이 오니
새싹들 소리 없이 산천을 덮고.

산 벚꽃
봄이 와도 벗은 북악산 찾아와서
하얀 벚꽃
벗어주고 있다.

벗은 북악산
산 벚꽃으로 번져 간다.

시간을 만난 빛

시간을 만난 빛은 현실적 현상이 된다.

빛을 본 천개의 눈들
천하를 천개로 만들고
빛의 그림자에 숨겨진 현상들
추론하는 힘겨움들

빛이 사라지면
현상도
추론도
숨겨지는데

빛을 따라가는 조급한 시간
멈추지 않고
천개의 가상적 세상
지기 중심에 맴돌다 균형을 잃는다.

가슴에 핀 꽃

낮고 낮은 곳으로 고이는 이슬,
능선을 따라 나무를 키우고
한 송이 풀꽃으로 쉼표를 찍을 때
살며시 스쳐가는
바람은 푸른 물결이 된다.
푸른 물결 속에 들풀들
소록소록한 향기 풀어내고
포근한 씨앗을 잉태한다.

생명은 생명을 낳고 소멸하고
남겨진 생명에 바람이 스쳐 가면
이슬 무지개를 달고 다가온
영롱한 얼굴
저 높은 곳을 꿈꾸는
너울거리는 웃음들
흩어졌다 다시 피어나고
한 송이 풀 꽃이 되어
향기로 흩어져 촘촘히 안겨온다.

흔들리는 오월

오월은 가고
오늘은 오고

오고 가는 길목에 핀 꽃
오는 바람 따라 오월에 보내고

오실이
가실이
사이에 머물며 피고 지는 오월의 꽃들
바람에 흩어지는 얼굴들
중첩되는 기억들

오늘도 가고
오월도 가면
오는 이 없는 길목에서
미련에 기대면
홀로 머무는 오월
그림자 가고 있다.

기억에 남은 길

길은 늘 새롭다.
그 곳에 다가서면 새로운 길이 보인다.
다시 가야 하는가.
지나온 길은 늘 사라진다

갈수 있지만
머물러야 할 것 같다.

갈 수 없는 길도 거기 까지는 열려 있겠지
어디까지 가야 하며
어디서 돌아서야 할지
결정은 쉽지 않다

만족을 짓누르는 미련과
욕심이 신음 한다.

제3부
너를 알고 싶다

오색딱따구리

그는 사라졌다
홀연히 몇 마디의 말을 남기고

그의 말을 가슴에 담은 이들
심각한 이명증으로 힘겨워한다.

오색딱따구리,
그는 텃새였으나
종적을 감춘 지 오래 됨으로
철새로 멀어져 갔다.

영원한 겨울이 될 것 같은 그 때
철새들 무리 지어 하늘 높이 선회하다
비둔한 몸부림으로
차가운 북두칠성 꼭짓점에 날개를 걸었다.

겨울 속에 남겨진 빈 공간
텃새도 숨죽이며 침묵하는 정오 햇살 흔들린다.

어디선가 관목을 쪼아내는 오색딱따구리 소리
외로운 외침 산천에 스며들고
기억하는 사람들의 현실
철새는 떠났다
텃새는 떠나지 않고
긴 침묵의 그림자 속에 졸았을 뿐이다.

이명증으로 잃어버린 중심들
돌아가는 그림자 바라보니
해결의 힘은 시간이었다.

각자가 자기 시간을 만들고 있을 때
오색딱따구리 관목을 쪼아 내는 청명한 외침이
황갈색 겨울이 무너지고
녹색 천지에 차오르는 리듬 춤이 되어간다.

치매 병동

스쳐가는 사이로 아는 얼굴 하나 걸어간다.
스쳐가는 사이로 모르는 얼굴 되어 돌아간다.

모르는 얼굴을 알아가고
아는 얼굴을 그림자로 숨기며
숨 가쁜 공간을 맴돌다 자리를 잡는다.

흩어지는 시간의 그림자들
따라 가는 걸음들
다시는 스쳐가지 못하고
홀로 머물지만
홀로인지 모르는 느낌이 타인의 눈물이 된다.
기억하기 위해서 살았지만
기억을 지우며 살아가는 현실은
혈족의 기억에서도 멀어져 있다.

기다림이 스쳐갈 때

끝없는 기다림으로
기다림을
이별을 하고,
기대를 접었다.

상처는 더욱 선명하다.

상처가 치유되는 긴 과정들
가슴 저며 가며

남은 날들
흐름의 순간순간
숨겨진 그 기다림이 스쳐갈 때
멈춘 시간 아픔이 된다,

그 상처를 보아도
아픔이 없을 때.
상처는 향기 없는 꽃이 된다.

그때는 몰랐다.

한 때. 그때 참 즐거웠다.
한때 그 때는 참 힘겨웠다.

지나고 보니
즐거운 때도
힘겨운 그 때에도
지난 그때가 되었다.

그때는 걸림돌이
지금은 디딤돌로 올라설 수 있고
그때 미움이
오늘에 아쉬움으로 남을 줄 몰랐다.

그때
그때는 몰랐다.
지금도 잘 모른다.
이렇게 한 때를 살다 가는가 보다.
묵은 감정도 시간을 따라 변하는가 보다.

유명산

여름을 돌려보낸 한적한 유명산 계곡에
물소리 가슴에 담아
숨겨진 생각 씻어낸다.
버들치 무리들 남긴 옥수수 부스러기에
생존이 걸린듯하다

산다는 것
살아야 된다는 것에
빈틈없는 숨결이 느슨해진다.

소담한 계곡 물줄기에도
물결이 있고
조그마한 폭포도 있고
웅덩이도 있고

유명의 여름이 돌아선 자리에

겨울 감나무

가을 먹지 못한 감나무 잎
껄끄럽게 떨어진다.
바람에 한번 빗대어 보다
좁은 골목길로 비켜서다
알고 보면 서러운 듯 까칠하다
시린 떨림이 온다.
벗어버린 허전함에 오는 것일까
가난한 서러움이 쪽문에 기댄다.

하늘로 올라간 감나무 가지 끝,
집착하며 계절을 이겨보려
한없이 바람을 일으켰던 그날 멀어진다.

그때, 하늘도 푸르고
눈 안에 고이는 것도 녹색 이었다.

지금, 하늘이 하얀 머리를 풀어 내리면
숨죽이며 서늘하게 조여 오는 남은 날들
거침없이 휘몰아치는 입김이

낮게 내려앉는다.

비로소 멀어진 것들
아련히 가는 것을
어찌 그리 했을까

남겨진 것은
앙상한 골격에 봄 싹눈
담담한 찬바람 몸을 밀어내며
차디찬 끝자락에 홍시 하나 남겨둔 인정들
까치밥 이라며 돌아 선다

남겨진 것인지
남겨둔 것인지
모든 것을 내어주고
남은 하나를 지키고 있다.

청룡포의 칼춤

수양대군의 칼날에 끌려 청룡포를 건넌 왕은
죽어 단종이 되어 장릉에 잠들었다.

소나무 우거진 유배지 청룡포.
눈물이 굽어진 강물은 휘돌아 간다.
유배된 애절한 마음 솔숲을 거닐 때
황망한 바람 관음송 솔가지 스쳐간다.
청룡포를 유배지로 결정한 세조의 권세 사라졌다.

스스로 청룡포를 건너는 사람들 유배를 청하고
장릉에 잠들기를 원하고 있다.

수양대군이 버린 칼을 들고
칼춤을 추는 자들아
칼을 버려라
두 손 들고 추임새를 따라 춤을 추어라

이긴다 해서 남은 것이 없고
진다해서 잃은 것이 없다.

울산바위

가을 하늘이 올라가다 설악산에 멈추었다.
위태로운 울산 바위는 위험을 즐기다가
저 멀리 동해 울산 바다로 다시 간다.
설악산에 울산바위는 이방인이다.

수평선을 넘어 오는 하얀 무리들 다가오다 넘어진다.
넘어진 자리에서 다시 일어서 오는 하얀 물 무리 속에
스쳐간 고향의 인품이 아쉬움을 남긴다.
설악산에 울산 바위는 영원한 이방인이다.

다시 찾아온 그 날이다.
시간에 중첩된 현상들이 일어나고 눕는다.
다시 설악산을 찾아올지는 미정이지만
그 날이 오면 다시 올 것 같다.
그 날, 무슨 일이 일어났는지
경험된 감정이 무엇이었는지
그 느낌의 즐거움과 고통이 무엇인지
은밀하게 숨겨진 그 날 묻어두고 싶다.

설악산의 울산바위 울산으로 가고 있다.

고뇌하는 선택

늘 새롭다.
다가서면 다시 가야 할 길 보인다.

지나온 길 기억에 머물지 않고
가야할 길 얼마 남았는지 알 수 없다

혼돈에 휘감긴 생각이 침식된다.
거친 호흡 평정 찾아 정리된 마음 한 곳에 머문다.

저 곳까지 갈수 있지만 머물러야 할 것 같다.
갈 수 없는 길도 저기 까지는 열려 있다

더 가야 할 길이지만 돌아서야 할 것 같다.
어디까지 가야하며
어디서 돌아서야 할지 고뇌하지만 결정은 쉽지 않다

미련과 욕심이 더욱 밀착되어간다.

유월

능선 따라 남긴 족적 솔바람에 지워지고
솔잎사이로 흩어지는 송홧가루
종일 잃어버린 시간을 찾아 간다.

산하로 보이는 세상 오밀조밀하고
갈 곳 찾아 분주히 떠도는 얼굴들
멀어지다 가까우면
남은 정분 보듬어 한줌 쥐어 주고
바람에 밀려가는 생각이 줄을 선다.

나무는 뿌리내린 그 자리에 머물다 죽고
죽은 자리에서 움이 돋아 새 생명 되어 푸르다가 붉어진다.

유월 능선을 넘으면 남은 날은 얼마일까
흩어진 족적들 찾아가며
남은 걸음 선명한 자욱 남기는데.
돌아보니 다 지워지고
타인의 기억에 머물지 못하는
유월 솔바람에 흩어진다.

은퇴자의 하루

반짝 봄은 지나고
햇살 피하여 그늘에 얼굴 숨긴다.

여름이 왔다고 한다.
참 힘든 시간을 보내어야 될 것 같다.
피할 수 없는 대면이라서
시간이 가면 해결될 것이다.

요즘 아침과 저녁이 좀 멀어진 듯하다.
동지를 지날 때는 그 때는 밤 이였는데
하지가 되고 보니 낮이다.

냇물은 산천을 두고 떠나가지만
산천은 스쳐간 냇물을 기다리지 않는다.

시간은 생명을 끌고 알 수 없는 곳을 향하고 있다.

마음 편한 일들이 별로 없다 보니 마음 둘 곳도 없다.
허전거리는 하루가 힘들지만

세상 보는 눈이 점점 흐려지는 듯하다.
눈꺼풀이 점점 처져서
볼 것을 보지 못하게 하는 것도 시간이다.

기억의 샘에서 빠져 버린 것들을 끌어올린다.
그때는 오늘 같은 날을 생각지 못했다.
그때는 열정에 기대어 그 날을 만들었다.
꽃이 피고 꽃이 지고
벌과 나비가 찾아와 향기에 즐거워하고
바람에 가련한 꽃잎을 보내기도하고
가슴 저며 가는 고통을 웃음으로 숨겼다.
지나간 시간의 현상 속에 숨겨진 전성기도 있었다.

조용한 시간을 벗어나
차라리 소란스러운 일들이 있으면
담소를 나눌 말꾼을 만났으면
시간은 야속하고 잔인하다
내가 시간의 주인으로 살았는데
시간이 주인 이었다.

저녁 이슬

짧은 가을이 가면서 눈물을 흘린다.
가야 할 때 가는 것이 아름다운 것
가을이 가는데 함께 가겠다며 나선 단풍
가을 눈물에 촉촉이 젖어가고
내 마음도 가을 속에 떨어지고 있네.
그때는 아쉬운 것 들 가슴 저미는 일들이었는데
돌아보면 그것도 아름다운 것이었다.

독백하며 생각나는 그 사람들 그립고
멀어진 사람들 고맙고
함께하는 사람들 감사하고
그 봄으로 돌아갈 수 없지만
봄날의 아름다운 향기 잊지 못한다.

오늘 가을 단풍도 아름다운 것
돌아보며 그리워하지 말고
감사하고 만족을 느끼면
가을도 가는 것인데
가을 저녁에 내리는 이슬도 웃음이 된다.

남은 길

생명은 아프다.
웃지 않은 얼굴이 있었는가.
눈물 흘리지 않는 사람이 있었는가.
감정의 숨결에 방황하는 기억들
있는 그대로 보고
보이는 대로 받아들이는 것이다.

기억의 수차를 돌리는 것은
외로운 수고일까
돌아갈 수 없고
돌이킬 수 없는데
망각의 울타리에 머무는 수차는 돌아간다.

아직 남은 길이 있지 않은가
주어진 시간을 위하여
기억에서 돌아서지
아직 남은 길에 웃음과 춤이 있지 않은가.
때로는 울기도하고 웃기도하고
오늘을 돌아보는 그날을 생각하며
짧은 여운만 남기고 남은 길을 가야지

너를 알고 싶다

산 벚꽃이 벗겨진 후
아카시아 꽃 아파트 주위 산골에 가득하다.
소나무 새순은 햇살에 쭉 올라가고
아래 송화도 피었네,

애기 똥풀 사이에 아름다운 연분홍 꽃이 피었다
처음 본다.
잎사귀를 보니 아카시아 같은데 아닌 듯
꽃을 보니 비슷하나 다르다.
연분홍 아카시아 꽃인가

몰라
나는 너를 몰라
참 아름다운 꽃인데
내가 너를 몰라봐서 조금 미안하다.

오후, 돌아오는 길에 지나치면 또 볼 것인데
나는 너를 알고 싶다.

길들여진 종속

분방한 자유는 거기까지.
그곳에 도달하기 전에는 한계를 몰랐다.
한계를 넘어서면 영원이 존재할 것으로 생각했다.
영원은 수많은 한계를 만들고
한계는 종속과 예속을 교차 하며 마찰음을 낸다.

때로는 종속되는 것이 안전할 수 있지
종속에 길들여지면 노예적 불행을
인식하지 못하는 아둔한 정신이 된다.

벗어나려는 저항은 종속의 탈을 벗겨 주지만
새로운 종속의 울타리로 다가온다.
벗어나고 벗어나려고
몸부림치는 시간 속에 흔들리는 생각
균형을 이루어 집합의 산맥과
분열의 계곡을 만들어
종속에서 예속으로 가는 과정 속에
잠잠한 침묵으로 관조하는 생각
또 다른 종속으로 가고 있다.

위험한 관계

걸어서는 갈 수 없는 곳
눈 감으면 갈 수 있는 곳
눈을 뜨고는 볼 수 없는 것
눈을 감으면 보이는 것
보이는 것에서 볼 수 없고
보이지 않는 것에서 볼 수 있는 것

눈을 감아야 보이는 것은
눈을 뜬 사람에게 보여 줄 수 없는 것
무엇이 보이느냐 물어 보는 그 사람에게만
말해 줄 수 있지

무엇이 보이느냐 물어보는
사람을 만나지 못했다.

차라리 위험한 관계를 기대한다.
그 곳에서 기다리겠다.

할 말이 있으니까

하룻길

감성을 따라 스쳐가는 광풍에 마음 내려놓고
빈 가슴 채움을 기대하며 시류에 맡긴 걸음
중심을 잡기 힘겹다.

가는 이 미련을 남기고
오는 이 좋은 듯한데
주름살 깊어 갈수록
남은 길 좁고 걸음은 가벼울까
인생은 멀고 먼 여행이라 했는데
가다보니 일생은 하룻길 나들이였네
웃음으로 흐드러진 그림자 모아 색조를 덧입혀보니
한 폭의 그림이 되네.
적당한 공간 있을 때 걸어두고 가야겠네.
보는 이 있고 없다 한들 무슨 상관이랴
내 나들이 길 내가 남긴 그림인데
평설이 두렵지 않은 것은
그들이 무엇이라 한들
나는 들리지 않을 거니까

높은음자리 매미

장마,
장대비 눈물을 뿌리고 지나간 후
맑아진 하늘, 더 넓어진

세상을 보기 위해 바람을 잡고 있다.
숲속에 애절한 매미 울음이 증폭되어
여름을 멈춘다.

해석할 수는 없는 매미 소리
쉼 없이 소리치는 저 높은 소리
문장이 되어 가슴에 저며 들고
할 말은 많은데 들어주는 이 없고
가슴에 담아두는 생각이 없는 정오 요란하다.

칠년 만에 세상에 나와서 묻어둔
말을 하지만
짧은 칠일
삶은 순간이 되고
다시 칠년의 침묵으로 돌아가는 현실

마지막 순간까지
할 말이 있는데
할 말을 하고 싶은데
마지막 한마디 들어주는 마음을 찾아보지만
들어주는 이 없는 무더운 여름,

눈과 귀가 핸드폰 액정에 고정되어
보지도 않고 듣지도 않는다.
각각의 비현실을 인정하며
홀로 높은음 자리에 머물며
해석 될 수 없는 문자 폭탄을 날린다.

들어도
들어 봐도 알 수 없는 높은음자리의 음률
읽어도 해석되지 않는 문자들
상관없는 스팸 문자들
해석을 하다 지쳐간다.
다시 칠년을 기다려야 된다.

풀꽃 웃음

초록 하늘이 진하게 묻어 내린 산,
들녘 지나 듬쑥 산이 되니
산 넘어 내린 평원
긴 강줄기에 갈라진 하늘 푸름이 씻겨가다
바람으로 흐느적흐느적 세워지는 들풀들
초록 융단으로 일어서는 생명들.

들녘에 흩어지는 별빛으로
여린 풀잎 끝으로 들어 올린 세상,
아침 햇살에 영롱한 웃음으로 흩어지는
생명의 빛
묵언의 기도들,

온종일 실바람에 살며시 눕다 다시 일어서고
일어서다 바람이 오면
누워보는 들풀들의 숨결들
너울너울 나비 바람에
풀숲에 숨겨진 노랑꽃 수줍은 웃음 되고
진분홍 꽃 봉우리로 잠자리 바쳐 들다

제 간지러움에 한들한들 웃고,
꿀벌을 부르는 하얀 꽃 샘 열리면,
흩어진 향기로 풀잎은 더욱 낮아질까?

들,
꽃들
들꽃들의 얼굴
흩어진 환한 웃음
다시 강물에 씻겨가는 하늘 출렁이며
성큼 구름이 산을 넘어간다.

부드러운 바람에 씻어지는 마음
다시 들풀이 되어간다.

홀로 가는 길

돌아보면 아득한 저곳 갈 수 없지만
늘 기억은 그곳으로 견인하고
숨겨진 감정을 살려 입체감을 만들어간다.

돌아서면 가야할 곳 저 멀리 보이고
가는 길에 무슨 일이 있을지
우려하는 맘
기대하는 생각에 흔적을 남긴다.

돌아볼 수 있다는 것도 감사하고
가야 할 곳이 있다는 것은 더욱 즐거운 것

가야할 길 가야하고
힘이 있을 때까지 가야 한다.

홀로 내가 가는 곳까지
기억도 따라 올까

제4부
이름 속에 있는 이름

사라진 노동

에덴의 동쪽에 터전을 잡은 아담,
힘겨운 노동의 산물로 가인과 아벨을 낳았다.
해지는 저녁 붉은 노을은
아벨의 피가 땅과 하늘에서 울면
가인은 야훼를 버리고 에덴의 동쪽
뼈저린 실낙원의 고통으로 들어간다.

가인의 은밀한 잠행
땅 속으로 스며간 아벨의 피
피를 먹은 토지의 호소

가인의 표를 받아 에덴의 동쪽에 세운 실낙원
가인의 세상을 만들고
가인의 표를 증식하며 축적된 문화
야훼 없는 세상을 실현했다.

노동을 거부하는 사람들 가인을 찾아간다.
희락의 소돔성 축조하며 실낙원을 분양받았다.
무상의 나라 스올을 향하여 줄을 선다.

파산신청

돈 빌려
돈 벌어 보려고
돈 빌렸는데
돈은 나를 돌아서 저만 큼 가니
돈에 돌아버린 주머니
돈 빚만 쌓여 간다.

돈은 돌고 도는 것이라는데
돈은 나에게 머물지 않고
돈을 가지고 돌아간다.

유월에 피는 소리쟁이는 연녹색 꽃을 피우는데
유월에 움츠린 빚쟁이는 가슴에 먹물 꽃이 필까
품안에 들어온 돈은 웃음을 주고
품밖에 나가는 돈은 눈물을 준다.

은행으로 가는 걸음들 법원으로 가고
파산신청을 하고 돌아오는 길.
심각한 짝사랑에
돈으로 돌아가고 있다.

평판조회

거울 밖에 한 사람이
거울 안에 그 사람에게
너는 누구인지 눈빛으로 응시하면
거울 속에 있는 그는 표정이 없다.

쌍방 간에 결론을 내리지 못하고
약속 없이 돌아선다.
마지막 이었다는 느낌이 저려온다.

시간 속에 숨겨진 얼굴
남겨진 여운
화선지를 스쳐간 붓질 같이
먹물 먹은 자음 모음은 문자로 남고
문자가 응집되어
불멸의 문장으로 각인되었다.

긴 여운을 가진 이름들이 걸어간다.
한 폭의 풍경화로 남겨진 웃는 얼굴들
주홍 명찰을 달고 있는 초조한 그 얼굴,

깨어날 수 없는 시간 틈에
잠자는 이름과 여운을 연결하며
묘한 웃음과 쓴 맛이 교차한다.

시간은 지나갔으나
여운이 살아 더욱 새로워지는 때,

거울 앞에서 해답을 얻지 못하고
돌아서는 그 사람들 조급하다.

굳어진 문장은 수정 할 시간이 없었다.
천개의 눈으로 보이는 평판이 두려워진다.

오륙도 가는 해운대 길

I

바람에 밀려가는 해운대 백사장
주인 없는 발자국 따라 가는 그림자,
괭이 갈매기들 기웃거리며
새우깡이라도 줄까 날개 짓을 하는데
난, 빈손이다

모래 위에 남겨진 발자국들 지워지고
지워진 모래 위에 새로운 발자국 남기고
돌아선 사람 겹겹이 멀어져 가는 해운대
저마다 사연을 가지고 찾아오면
나만의 생각에 잠겨 회전하는 곳

동백섬에 동백꽃 피고지고
피어가고
꽃도 한 때인 것을
시들지 않는 꽃을 기대 했을까
굽어진 해송 틈새로 이월이 지나간다.

Ⅱ

오륙도 가는 뱃길 순조롭고
우수를 넘어 경칩으로 가는 햇살
정수리로 녹아내린다.

뒤 돌아보니 달맞이 언덕 위에 낮달이 빙긋 웃는다.

오십 년 전 그 날 해운대 겨울바람에 보낸
가슴 울음이 되돌아온다.
그때는 아픔이 있었는데
오늘은 덤덤한 추억이 되었네.
차라리 잘된 것이지
지나고 보니 그것이 아니었는데
가슴 저며 간 철없는 출렁거림 이었구나.

Ⅲ

오륙도 돌아오는 뱃길 출렁이는 심술에 빠졌다.
배멀미 괴로움을 한 입 머금고
화장실 찾아가는 뒷모습들
저마다 토해 버리고 싶은 것들이
많이 있지
심술을 당하거나
심술을 부리거나 하면

삼킨 것도 토해 내는 것이지

뱃길에 의탁했으니
해운대 선착장 까지 다른 길이 없다.
스스로 선택한 것이 운명이 되었구나.

심술이 내 흰머리를 잡고 이리 저리 흔들고 있다.
짜증이 난다.
참으며 살았는데

이제는 흔들려도 될 듯하다
흔들리다 자빠져도 잃을 것이 없지 않은가
검은 머리는 사라지고
미운 흰 머리만 남았는지

시간은 많은데 젊음은 지나갔고
지나간 그림자를 되뇌는 얼굴이 되었구나.

Ⅳ
위험한 뱃길을 버리고
해운대 선착장 비탈에 아저씨 대구탕 집으로 은신했다.

따끈한 대구탕 한 그릇으로 다가오는 봄맛을 본다.

창밖에 보이는 오륙도 뱃길
은빛 길로 유혹한다.

나이를 먹어도 유혹이 온다.
마지막 기회라며 다가온 유혹에
달콤하게 흔들리고 싶다.
스쳐간 과거가 새로운 웃음으로 돌아온다.
유혹의 현실이 즐겁다.

느티나무 후회

팔백년 수령 느티나무가
가을바람에 황갈색 낙엽을 던져 주고 있다.

연습이 없다.
항상 새로운 것
의미를 아는 사람은 지루하지 않다.
열매가 없는 사람만 진부한 것.
언어에는 다시 한 번이 있으나
삶에는 다시 한 번이 없다.
언어와 삶의 사이에 존재함으로 후회한다.

잘한 것도 한번으로
잘못된 것도 단회로 끝난다.
야박한 놀이라 늘 개운치 못해 여운이 남는다.
모든 것이 처음이면서 마지막이다.
순간의 귀중함을 알지 못했다.

되돌리고
되살리는 능력이 없는 위험한 생존이다.

행복과 불행
아름다움도 추함도
젊음도 늙음도 한 과정이다.

모든 것이 영원하지 않고
고통마저 품어야 아름다워진다.

잘 생각하고
잘 행동하고
잘 살고
잘 죽어야 하는데
잘 되지 않는다.
잘 알면서 가장 어려운 것이 삶이다.
연습이 없으니까 후회가 깊어진다.

바람은 쉬지 않고 늙은 느티나무를 흔들고 있다.
잎사귀를 아낌없이 던져 주는 나무는 말이 없다.
앙상한 가지만 남지만 말이 없다.

나는 아직 말이 많다.

이름 속에 있는 이름

이름이 이름을 낳고
여린 이름이 한 인격이 된다.
이름을 위하여 살고
이름을 위하여 대가를 지불한다.

이름이 자라며 강해질수록 세상은 좁아지고
이름이 클수록 수식어가 많아진다.

이름은 의지와 상관없이 왔다가 간다.
이름에 형성된 평판들
이름의 가치를 결정하면
새로운 이름을 찾아 가고
지난 이름을 분리시킨다.

기억될 한 이름으로 남으려는 몸부림들
스쳐가는 어떠한 느낌은 차갑다.
그 긴 여운 따스함으로 맴도는 이름도 있다.
이름위에 쌓인 감정들 푸르다.
크고 강한 이름의 끝자락에

꼿꼿한 이름들 비틀거리며 기댈 곳을 찾는다.
흩어진 이름을 모아 차가운 비석에 올린다.
비석에 머무는 이름이 돌 꽃을 피운다.
그때 그 이름은 크고 강했는데
해 그림자 온 종일 돌아가도 기억하는 이름이 없을까?
다 버리고
다 비운 산자락에 바람에 씻기는 이름 하나.
남은 침묵 느낌이 없다.

영원은 있으나 영원에 머물 수 없는 잊힌 이름
버려진 이름으로 지워져 간다.

한 이름으로 왔다.
너희와 나를 구분 짓는 인격으로 한 공간에 존재했다.

아쉬움으로 보내는 이름이 많아지고
떠남으로 돌아선 이름이 줄을 선다.
긴 이름들의 행렬에 확인된 내 이름
새로운 이름 그늘에 묻혀간다.

직연비류소리直淵瀑布疏籬

직연정直淵亭 매미는 소프라노에 목을 놓았다.
흩어지는 여름 소리에 스쳐가는 마음 사로잡아
직연정 마루에 앉아 연정戀情으로 *소리疏籬를 둘러친다.

저 높은 곳 깔끔한 햇살 장마를 밀어내고
청송령靑松嶺에 발원한 물길
수입천으로 굽이 돌아설 때마다
알알이 내려앉는다.

강폭을 덮은 물길 유속의 풀어짐
유순한 어루만짐으로 하늘을 품어 내려
여린 초록의 흔들림에 오롯한 본능을 깨운다.

강줄기에 내려앉은 수평의 하늘
거친 바위에 부딪히다
직연으로 비류飛流이 내려앉으며
하얀 거품으로 깨어져 소리疏籬가 된다.
물길과 하늘이 뒤섞이는
연정戀情의 신음 소리에 숨결이 멈춘다.

물굽이 벗은 몸으로 하늘에 안겨 오른다.
하얀 속살을 뒤집어 수각화로 일어서며
부드러운 눈길 닫는 곳 마다.
물은 물을 밀어내고
물은 소리를 먹고
소리는 거품을 밀어낼 때
물보라 터뜨려 오르며 초혼의 생명 된다.
하늘은 햇살로 작은 무지개를 놓고
은밀히 내려와
예민한 감각으로 온종일 머물까.
물잠자리 날갯짓에 숨결 고르며
천둥벌거숭이 귀를 씻는다
민둥한 얼굴하나
수각화水刻畵 한 폭 물렁한 가슴에 안고
잠잠히 구비 돌아 파로호로 흐른다.

*직연폭포直淵瀑布: 강원도 양구군 방산면 장평리에 있다. 청송령에서 발원한 수입천이 높이 15m의 폭포로 물줄기가 곧바로 떨어지므로 직연 폭포라 부르게 되었으며, 주변은 높이 20여m의 암벽이 병풍을 둥글게 세워놓은 듯한 경관을 이루고 있다.

*소리疏籬: 엉성한 울타리

번개 장마

캄캄한 하늘에
은회색의 칼집을 내며 사라진다.

상처가 깊은 가보다.
하늘은 신음 하면
지축이 진동 한다.

빛의 속도로 스쳐간 야훼의 칼날,
태초의 상처가 깊은 듯
다시 어둠으로 덥혔다.

깊어지는 침묵
두려움에 떨며 갈 길을 잃어버린
바람,
휘청거리며 소돔성으로 가고 있다.

삶과 죽음의 간격에 선 초조함
선택의 기회가 사라진 순간
주인 없는 시간에 기대어

야훼 심판 앞에
거칠어지는 숨결
시간을 건너 뛰려한다.

천상의 번개가
지상의 천둥을 흔들면
어둠을 채우는 야훼의 눈물 깊어진다.

지상의 눈물들
무슨 사연으로 울고 있는지
알 수 없는 시간 속에

상실된 공간들,
그 공간에 선 사람들
공간에 지워 지는 이름들

그 고뇌의 틈 사이로
스쳐가는 야훼의 회색 칼날,
소돔성의 흔적을 찾아 간다.

가을 읽기

가을 하늘이 높아질 때,
마른 인연 끊어졌습니다.

서리 바람 불 때
선명한 얼굴 입김으로 보내고
남은 한 얼굴 보내야 할지
힘겨운 찔림에 머물고 있습니다.

그 푸른 날이 지났지요.
진홍탈색은 고매하였지만 짧았네요

해체된 자리에
되살아난 저 푸른 이야기가 있습니다.
그때,
그는 꽃이 된 부러운 지존의 존재
이제, 함께한 그림자의 크기를 가늠하다
자기 그림자 찾아 돌아서
침묵의 시간 앞에 잊힌 얼굴 되었습니다.
멀어진 것인지,

멀리한 것인지,
바람 속에 사라진 한 흔적이 되어가고 있습니다.

서로가 인식하지 못하는 자리에서
이제는 덮어야 할 것 같습니다.
좁은 그림자로 머물며 바람이 불면 휩쓸려가고,
짓밟는 고통의 무게를 버티려 합니다.

소리친다 해서 언어가 되지 못하는 생각들
몸부림쳐도 행동이 되지 못하는 장벽,
현실을 부정하는 자유보다
현실을 인정하는 내면의 자유로 살려 합니다.

가난히 남은 날들이 하늘을 끌어 내리면
흩어진 얼굴 아지랑이 길을 따라 올 것입니다.
지존의 세계를 이루어 새로운 그림자를 키우면,
그 찔림의 흔적이 꽃이 되겠습니까
바람이 흔들어도 흩어짐이 없는 몸짓으로
선명한 소리로 남겠습니다.

산딸 나무 십자가

산딸나무 하얀 십자가 꽃 수다히 피었다,

십자가 하나 지기 힘겨운 것을
저 많은 십자가 홀로 지고 있는지

버린 십자가
각각 제 이름 있지만
십자가 버린 얼굴 웃으며
산딸나무를 십자가 꽃나무라 칭송한다.

무거운 십자가 지는 것이 아니라며
십자가는 가볍게 눈으로 감상하라 한다.
십자가 없는 부활절
예수만 십자가 지라 한다.

산딸나무 십자가 꽃
바람 불어 지고 있네.
예수 보혈 방울방울 붉게 남았다.

바람 따라 주인 찾아 나선 십자가
큰 그림자로 넘어진다.

일그러진 얼굴들 소리치네.
주여 나를 구원 하소서
주여 나를 불쌍히 여기소서
하늘 땅 울리나 메아리 없다.

예수님 돌아서시며 중얼거리신다.
너는 누구냐
나는 너를 모른다

늦은 후회
지난 기회
돌아오지 않네.
예수님 옷자락 잡으려는 몸부림
우울하게 저며 간다.

파련정 매미

벽초지碧草池 파련정 둘러선
수양버들 늘어진 일백오십년 끝자락에
늦여름이 내려앉는다.

이른 아침 물안개로 연꽃은 세수 하고
수초를 누비는 잉어 한가로운 몸짓을 한다.
고추잠자리 한 마리 벽초碧草에 막혀
버들가지 끝에 달려 가을을 애원 할 때
수양버들 둥지에 매미가
마지막 울음으로 초가을 막아선다.

풀어져 내린 문자들 매미의 애절함이
파음碧音으로 일어선다.
토양 아래 서러운 쓴 수액을 먹었으나
산자의 이름을 가지지 못했다.

다섯 번, 제 허물을 벗어 정갈하게 내려놓고
돌아보니
보는 이 없는
은밀한 환골탈태換骨奪胎는 공인公認되지 못했다.

빛의 세상으로 우화등선羽化登仙하여
흙에 묻히고,
흙에 밟혀,
흙에서 저며 온 삼천일을
십주야十晝夜 구슬픈 소리 벽을 세웠다.

그 날은, 이 날을 위하여 존재했고
이날은, 짧은 숨통을 틀어잡고
집요한 소리를 풀어 늦여름 바람에 올린다.

시간이 멈춘다,
연꽃은 꽃잎을 접어 입사귀로 숨고
수중에 잉어는 꼬리 짓을 멈춘다.

고추잠자리도 가을을 잊었다.

벽초지 수면에 제 홀몸을 밀어 넣고
낯익은 제 얼굴 허상으로 세운다.

제 소리에 취하여 지쳐 듣지 못하는

제 욕심에 허우적거리다
찌꺼기로 남은 심상心相 수면으로 내려간다.

홀로 부대끼다
진한 땀 냄새로 흙으로 내려 앉고
흙에 묻혀 영원에 기대어 가는 얼굴
쉼 없이 흙을 밟으며
흙으로 돌아간다.

매미 날개 짓에
벽초지에 늘어진 수양버들 술렁거린다.
잎사귀 하나 수면에 떨어져 파문波紋이 일어난다.

봄 파도

허전한 회색 하늘 밀어 올리는 아지랑이
성급하게 봄이 오지도 않았는데,
홀로 꽃이 되려하나,
얼음장 아래 봄 파도波濤 밀려 왔으나
아무도 말하지 않아 꽃샘추위만 떨고 있다.

마른 잡초가 소리 없이 탱탱해지고.
시들어 버린 잎사귀 틈새로 씨눈이 열린다.
혁명의 시간, 좀 더 시간이 필요하다.
잃어버린 시력 회복하고
내, 은밀하면서도
그, 내밀한 관계를 묻어두고
사유思惟의 대상만 바라볼 시간이 필요하다.
마르지 않고 생성되는 아지랑이 같이
보일 듯 보이지 않을 듯
존재를 묻어 둔 웅변들이
다소 낮은 음정에 머물며
오케스트라 하모니를 기다리고 있다.
혁신의 순간이 오고 있다.

가시나무

가시나무
가시가 있기에
가시나무라 하지

그는 찔림에 아파하고
나는 찌름에 아파하고

멀어진 얼굴들
지워지는 아픔이 힘겨워
눈물 흘리는 가시나무

가시나무
영원한 변방에 머물고
비바람도 비켜 가는 외로운 자리
홀로 햇살만 맴돌다
기울어지는 일생
가시나무.
나는 나를 지킬 수 없어
너무도 찔림이 많아

이 아픔에
나의 가시를 가진 가시나무

체념도 믿음이지
참회도 용서지
내 가시로
나를 찌르며
꽃도 열매도 없는
그 아픔만 느끼는 가시나무.

무슨 꽃일까

핀다
진다.
그 사이에 한 일생이 있다.

일생은 긴 것
뿌림과 돌봄
시련과 고통의 날
꽃이 되기 위한 몸부림 눈물겹다.

피기 전에는 꽃이 아닌 풀
꽃,
꽃의 영광은 짧고
지고나면 꽃이 아닌 풀이라 한다.

잔영으로 남은 꽃
기억으로 스며가고
홀로 지우는 고통 번져 깊은 우울의 우물이 된다.

저기 스쳐 가는 일생은 순간으로 보이고

내 인생은 질곡의 시간에 겹겹이 쌓일까
심지도 못한 이들
피지도 못한 것이 있으니

핀 것으로 만족하면
핀 꽃이 진다하여
가슴 아플 것이 없을까

나만이 할 수 있는 것
심고
피우고
지운다.

스쳐가는 눈길에 연연 말고
내 꽃은
내가 피우는 것

내 꽃은 한번 피고 진다.
무슨 꽃일까?

겨울 고비

싸늘하게 낮아지는 세상
북서풍 골바람이 매몰차게 타격한다.

휘청거리며,
입김 불어 손 녹이는 얼굴들
특별한 생각이 없다.

현실이 겨울이니까?
겨울이니까
추운거지
되뇌이며 겨울을 마시고 있다.

겨울이,
점점 깊은 겨울 속으로 끌고 갈 때,
모든 마른 생명들은 호흡을 멈추고
죽은 듯 머물러야만 존재 할 수 있는
차가운 현실에 모두 침묵할 뿐이다.

흰 눈으로 다져지는

겨울 속에 존재하는
생각을 넘어 설 수 없는
부동의 고비에 감금된 것도

우울한 비관이
결빙되어 위태로워도,

여린 맥박 속에 흐르는 생명,
생명은
생명으로 은밀히 가고 있다.

나그네 새鳥

어휘, 어휘휘 날아와
날개를 접었네.
애절한 연심戀心
본향本鄕 멀어질수록 짙어지고
차가운 바람
무심히 스쳐가는 사물들
의미를 두지 못하는 소리의 흐름,
생소한 텃새들의 느낌도
다 품고 헤아려야 하는
나그네 새鳥,

가야겠지
날개를 펼치고
먼 길 날아온 만큼 본향本鄕으로
'슈베르트의 겨울 나그네'를 들으면서,
창공으로 날개를 펼치고 높이 올라.
동전 없는 빈 접시와 손풍금을 남겨 두고
아련히 오늘을 내려다보며
멀어 지겠지

나,
나그네
나그네 새

한 동안 머물 곳이지
다시 받아 주지 않은 얼굴들이지

빈 접시를 채우지 못한
나그네 새
철새도
텃새도
나그네 새 되지

천마산 뻐꾸기

유월, 송홧가루 천마산 능선을 넘고
바람 길 알 수 없고
흔들리는 솔가지 틈으로 뻐꾸기 울음 고여 간다.

들어본 저 언어 올해도 다시 들린다.
해석되지 않는 언어지
시간을 따라 다른 느낌으로 오는지
해석 될 수 없는 묵은 감정을 조각한다.

어느 가을 날,
겨울은 싫다며 먼 나라에 머물다가.
신록이 우거진 유월에 은밀한 울음으로 왔구나.
염치없이 올해도 주절거리지만
너의 모습은 볼 수 없구나.

어쩌면 올해도 *탁란을 위하여
임자 새를 찾는 뻐꾹 거림이지
현란한 언어를 구사하는 너의 속임수가
지천에 메아리가 되고 있구나.

탁란의 함정에 빠져 자기 새끼인줄 알고
포란의 날을 보낸
그 아비 새의 고통을 아는지
빈 둥지를 바라보며 고뇌하는
그 어미 새의 눈물을 보았는가.

종족을 번식위한 교활함을 바람 소리에 숨기고
뻐꾹뻐꾹 소리치는 텃새 같은 철새의 이중성을 보았다.
겨울을 함께 할 수 없는 너,
뉘우치지 않는 뻔뻔함을 천마산 산새들은 다 알고 있지

정들지 않게 저만 치에 머물고 있어라
천마산 자락에 홀로 머물다
너 홀로 떠나거라.

올해부터는 뻔뻔한 너의 언어를
의미 없는 소리라 생각하며 못들은 척 하려 한다.

* 탁란托卵 뻐꾸기는 스스로 둥지를 짓지 않고 다른 새의 둥지에 산란産卵하여 포란抱卵 및 육추를 그 둥지의 임자새(숙주宿主)에게 위탁委託하고 성장하면 은밀히 데려간다.

돌아서면 먼 사람

오늘 가까운 사람도
돌아서면 먼 사람

가끔 변하고
마주보다
돌아서다
함께 걸어가기도 하는.

언제 까지나
어디 까지나
함께 할 수 없는
언젠가 홀로 되는 것
내가 떠나가기도
그들이 나를 떠나기도
나도 홀로가 되고
그들도 홀로가 되기도 하는,

가야 하는 길목에 잠시 쉬며
가야 할 길을 잃어버리는 때가 있지

두리 번 거리며
아는 이 없는지
알아주는 이 없는지
바람마저 머무르지 않고 스쳐가는
생각하는 나는
생각에서 점점 멀어져 지워진다.

잊혀 가는
잊혀 버리는 것도
모두 돌아서면 홀로 되어
잊혀지고
나도 그 곳에 잊혀가고
그들도 나에게서 잊혀가고

산수유 길

겨울인데
봄바람이 앞질러 빈들로 간다.
빈들을 가득히 채운 새떼,
황급히 날아올라 철을 찾아 나선다.
그들은 여러 무리였다.
텃새가 아니었다.
봄바람에 놀라 겨울도
자기 갈 길을 묻고 있는 때다.
성급한 산수유가 움질움질 봄을 부르다
노란 통증이 얼굴로 번진다.
봄을 막을 수 없고
여울물도 잡을 수 없다.

계절이 오면,
새로운 계절을 잡아야한다.

보내지 않아도 돌아 설 것은
잡지 말고 놓아야 한다.
여운은 언제나 남는다.

겨울 관조

산정으로 올라가는 길 거친 입김을 허공에 불어 넣는다
형체 없이 사라지는 체온의 잔재 소멸되고.
산하로 보이는 비경 숨겨진 비밀 해석하고 있다.
불어오는 겨울바람 억새꽃 방향 없이 흔들거리며
회갑을 넘어 선지 오년.

봄에는,
새싹과 꽃만 보았다.
나들이하는 웃음을 따라 다니며
진한 꽃향기에 에스프레소를 썩어가며
누워 있는 세월을 깨워 위험한 담소에 빠졌었다.

무더운 여름 날,
천하는 초록의 산성을 만들어
한치 앞을 볼 수 없는 세상을 조성하고
뿌리 깊은 정착을 강요했다.
태풍과 장마가 심술을 부릴 때
우울한 하늘을 원망하며
외로움에 목이 메이고

서러운 울음을 천둥소리에 숨겼다.

가을,
오래된 감나무에 검붉은 단풍이 들고
허공에 달린 감들이 바람을 부르고 있을 때
청록의 제국은 퇴각을 선언했다.

태풍과 장마에도 흔들리지 않은
견고한 청록산성,
차가운 서리 바람에 무너지고 있다.
피 흘리며 죽어간 이름 없는 여름의 병사들
피 묻은 산천 짧아진 햇살에 조바심을 느낄 때
돌아온 철새 시베리아 소식
지저귀며 하늘 높이 날아간다.

깊어지는 어둠에 대지는 날카로운
서릿발을 세우며 지상을 점령하고
심리전에 위축되어 가는 발걸음
스쳐가는 옷깃도 인연이라 하더니

그들도 눈길조차 스치지 않도록
거리를 두며 인연을 정리 한다

낮은 바람이 벗은 나무를 흔들고 있다.
떨어진 얼굴 힘없이 늙어져 밀려간다.
숨겨진 무연고 묘지에 비석에 새겨진 비문은
석화로 피어난 숨겨진 세월 감추고
해석되지 않는 상현 문자에 영면한 사람들
찾는 이 없는 산자락에 다시 찾아온 겨울,

겨울은,
숨겨진 진실 옷을 벗기고
보이지 않는 세상이 새롭게 다가온다.
활엽수를 해체하면
숨겨진 침엽수들의 위치가 보인다.
존재하였으나 보이지 않는 세상
새롭게 다가오며 의미를 부여한다.

차가운 산정에 바람이 불어온다.

갈참나무의 남은 잎사귀들이 떨어지며 소리친다.
나무 가지에 걸쳐 있는 까치집,
스쳐가는 시간이 울며
떠나버린 까치를 부르고 있다.

산정으로 올라섰지만,
서산마루에 저녁 해는 턱을 고이고
산 그림자를 키우고 있다.
돌아가야 할 곳이 어디인지 혼란스럽다.
벗어진 겨울을 관조하는 나는 누구인가?
싸늘한 바람에 흔들리는
백발이 방향을 잡지 못하고 있다.

제5부
조금 남은 시간 앞에

감악산의 쓰르라미

가을 저녁 하늘이 기울어져 개성 송악산을 넘어간다.
서해로 넘어가는 햇살 들녘으로 내려앉아
용트림하는 바람으로 일어난다.
고추잠자리 바람을 잡으려 허공에 머무르고
그 아래 들국화 쑥대 향기 뿜으며
방긋 방긋 헤아릴 수 없이 웃는 얼굴은 누구일까

거친 숨결 불어내고 감악산 올라가는 길
옛 숯 가마터에 흩어진 부스러기에 숨겨진 역사
우거진 잡초 밭을 지나 올라선 정상에
*빗돌 대왕비 풍상에 무문비無文碑, 되어
침묵의 역사 지워진 아픔을 알 수 없다.
남서로 돌아보면 파주와 양주가 한눈에 고이고
동으로 흐르는 임진강은 옥계토성土城을 휘돌아 숨을까

적성積城, 한없이 쌓아 올리면
무너져 내리는 중성산성山城
역사에 피 뿌린 군사들의 함성
그들은 지워지고

이들은 산정으로 올라 한숨 돌리고
힘겨운 그림자로 내려서면
지워진 소리가 바람으로 일어나 울고 있다.

사람이 무엇인지
역사가 무엇인지
내일은 어떠할지
산하로 내려서는 해답 없는 길
잡초에 숨은 숯가마터에 애절한 쓰르라미
쓰르람 쓰르람
울고 있는 저 쓰르라미 소리
아니요. 나는 아니었어요
묻어둔 억눌림으로 들리는지
땅 거미 흐트러지는 가을
발걸음은 낮아지고 있다.

* 빗돌대왕비 - 경기도 파주군 적성면積城面 감악산紺岳山 정상에 있는 신라고비新羅古碑 설인귀사적비라고도 한다. 명문銘文의 판독이 불가능하여 고증할 수 없는 몰자비沒字碑이다.

천수만의 철새

천수만을 날아 오른 철새들 날개 짓
간월도 겨울 바다는 속살을 들어내고 질펵하다

햇살을 따라 나간 물길은 간월도로 가는 길을 열고
빈 배들은 중심을 잃고 쓰러지면
하늘 높이 펄럭이는 낡은 깃발 세우지만
따르는 무리가 없을까?

잠시 간월도로 들어가는 길을 열었든 썰물,
햇살을 끌어당기면
점령군 같이 밀려오는 바람에 간월도 항복을 한다.

울음썩인 갯벌들 숨을 끊고 수장된다.
그 썰물에 몸을 담근 까칠한 손길
함지박에 새조개를 가득 담아
건저올린 얼굴 뒤로
가창 천둥오리 한때 하늘 구름처럼 내려앉는다.

길을 잃어버린 간월도

허전히 누운 빈 배를 하나, 둘,
닻줄에 목을 메고 중심을 잡아가다
혼신의 힘을 다해 기울어진 햇살을
안면도로 끌어 내린다.

가여운 듯 까르르- 까까- 끼우 새떼가 울면
안면도 산자락은 붉게 타오르며
천수만으로 밀어 부친 불길이 너울너울 넘어 오면
간월도는 따뜻한 저녁상을 차린다.

낯선 웃음으로 만나
부끄러움으로 단단한 조개껍질을 벗기고
여린 조갯살에 한번 몸서리치며 떨다가
조갯살 불타는 냄새
흩어지는 얼굴 수첩에 적어 넣으면
바다는 냉정하게 자기 자리로 돌아간다.

돌아서는 길을 따라 나선 저녁달
천수만에 빠져 외롭게 안면도를 건너고 있다

명성산 억새 꽃

서걱 서걱 산바람에 부딪치는 억새들
햇살 기울어 스쳐가는 억새꽃들
황갈색 가을바람에 출렁,
출렁 거리며 일어서는 은빛 물결들.

태봉국泰封國의 한 남자가
배반의 눈물로 풀어 헤친 흰 머리
천년 세월을 울어 넘어,
회한悔恨이 지천에 흩어진 평원平遠의 풍장風葬
축성築城은 견고한데
궁예의 왕국은 무너지고
지킴이 없는 천년을 가득히 채운 억새들
하얗게 사위어간 얼굴들 울고 있다.

가슴 저미는 걸음들
숨겨진 숨 가쁜 사연들
묻어둔 허연 가슴을 토해 낸들
함께 울지 못하는 후회들

깎아 세운 명성산 암벽 위에 세우고
깃들지 못할 바람에 흩어 보내는
애잔한 울음이 지천에 깔린 명성산鳴聲山

남은 천년을 두고 눈물을 흘려야
왕건은
현란한 억새들의 은빛 춤사위에
흐트러진 발걸음 하늘 위로 선다.

* 명성산鳴聲山 - 경기도 포천 있는으며 철원에 도읍한 궁예가 신하 왕건에게 패하여 통곡하고 이 산에서 울자 산도함께 울었다하여 울"명" 소리"성"자를 써서 명성산이라고 한다.

낙엽을 따라가는 얼굴

가을 하늘이 높아질 때,
마른 인연 끊어졌습니다.

서리 바람 불 때
선명한 얼굴 입김으로 보내고
남은 한 얼굴 보내야 할지
힘겨운 찔림에 머물고 있습니다.

그 푸른 날이 지났지요?
진홍탈색은 아름다웠지만 짧았습니다.

해체된 자리에
되살아난 저 푸른 이야기가 있습니다.
그때, 그는 꽃이 된 부러운 지존의 존재 였습니다.
이제, 함께한 그림자의 크기를 가늠하다
자기 그림자 찾아 돌아서
침묵의 시간 앞에 잊힌 얼굴이 되었습니다.
멀어진 것인지,

멀리한 것인지,
바람 속에 사라진 한 흔적이 되어가고 있습니다.

서로가 인식하지 못하는 자리에서
이제는 덮어야 할 것 같습니다.
좁은 그림자로 머물며 바람이 불면 휩쓸려가고,
짓밟는 고통의 무게를 버티려 합니다.

소리친다 해서 언어가 되지 못하는 생각들
몸부림쳐도 행동이 되지 못하는 장벽,
현실을 부정하는 자유보다
현실을 인정하는 내면의 자유로 살려 합니다.

가난히 남은 날들이 하늘을 끌어 내리면
흩어진 얼굴 아지랑이 길을 따라 올 것입니다.

지존의 세계를 이루어 새로운 그림자를 키우면,
그 찔림의 흔적이 꽃이 되겠습니까
바람이 흔들어도 흩어짐이 없는 몸짓으로
선명한 소리로 남겠습니다.

한 이름이 다가온다.

빈 의자에 앉았다
속삭인다.
너는 누구를 생각하느냐
왜, 그를 기다리느냐

그는 지금 어디 있을까
언제 올 것인지, 기약 없이 기다린다.

속삭이는 그가 지치지 않느냐 한다.
일어서 가면 어떠하겠느냐 유혹 한다.

작은 소리로 대답했다.
기다림은 기다림으로 끝을 내려야
약속이었으니까요
내면의 갈등을 침묵으로 숨기고 균등한 숨고르기를 한다.

조용히 한 이름이 빈자리로 다가와 기댄다.
늦게 온 것이 아니라 한다.
그의 눈동자 안으로 들어오라 한다.

굳게 닫힌 입술이 조금 열리며
탄식과 감동이 교차한다.

습한 눈물이 고여 간다.

오랜 기다림이 녹아 내린다.

그는 내 이름을 알고 있었다.
어떻게 내가 기다렸는지도 알고 있다 한다.
분명 내 옆에 그는
보이지 않았는데 다 보고 있었다.

난 그 이름은 오래전부터 알고 있었다.
그와 함께 앉아
그를 느껴본 것은 처음이다.

겨울 산으로 가는 길

흐르는 물 흘러가고
남은 낮은 자리
화려한 날은 옷을 벗고
앙상한 골격으로 다가온다.

남은 것은 허전하다
잔잔한 느낌이 된다.
계절을 보낸 빈자리
맴도는 생각들 힘겹게 풀어져 갈색으로 누웠다.

하늘에 뿌리를 내리는 마른 잡목들
힘겹게 그림자를 좁혀가다 맥을 놓았다.

여린 숨결로 세운 걸음
밀어내고
또 한걸음 세우고,
낯선 얼굴 무심히 스쳐 가는 길에
그들, 멀어진 만큼
가까워지는 이들 늘 새롭다.

함께 머물고 싶으나 스쳐가고

머무르며 기다린 손끝에
가련한 눈길 한번 남기고
산 그림자 지운다.

스쳐간 남은 자리
하늘은 갈색이다.

숨결 머문 자리로 하늘이 내린다.

그림자 세우기

빠른 시간이 지나갔습니다.
머무는 자리는 항상 새로운 곳이네요
그 자리에 머물지만
흐름에 흐르는 것을 가끔 지워집니다.

산다는 것도
살아가는 것도
가끔은 무엇인지
할 말이 없을 때가 있습니다.

생각에 머물다
생각으로 돌아가는 것도
환한 웃음이 될 때가 있지요

바람에 밀려가는 구름인들
어찌 머물고 싶지 않을까요.
출렁이는 물결을
잠잠히 가슴에 담아 보는 것도
홀로 느끼는 웃음인 듯합니다.

가끔은 일탈을 꿈꾸며
깨어나지 않으려
환상을 끌어 앉고는
삐죽한 웃음 들킬까봐 숨길 때가 있었습니다.

시간을 토막 쳐 가는 숨결 사이로
방긋한 마음
저미는 가슴 밀어 넣고
산다는 것이 무엇인지
누구도 답할 수 없는 메아리를
지천으로 뿌려봅니다.

새 날이 날아가고
새 날이 다가오면
웃음으로 머물기를 기대하는 마음에
잔잔한 그림자가 넘어 옵니다.

석화石花

그 땅
그 곳에
아버지는 머물러 계셨다.

들풀에 묻혀,

정족산 한 자락
높은 봉분封墳으로 남으셨거늘
평장平葬으로 내려 앉으셨다.

떠난 이는 잊어버리고 살았거늘,
보낸 이는 애잔한 그리움으로 살았다

비문碑文에 새겨진 자식들 부르시다.
들풀에 묻혀버리셨다.

공허한 이름 하나 지쳐,
석화石花 비석 끌어 않고 흐느적거리다.
사십 오년의 격정激情 끝자락에

따뜻한 유년이 아련히 걸어가다
탱자나무 울타리에 찔림으로 멈춘다.

잊혀버릴 두려움은
오늘로 다가오고
생각으로 남으려는
몸부림은 내일로 멀어진다.

바람으로 지우고

바람 머문 자리
그 이름 올리고,

바람으로
이름 지우고
함께 지워지는,

다시,
잠잠한 곳에 바람 부르고
이름 하나 다시 지어 올리고,

남겨진 이름
남은 이름을
바람으로 지우면,

가야지
가고 있지
가는 것이지
그 곳으로,

로댕의 생각하는 사람

많은 시간이 지났을까
여전히 그 자리에 앉아
머리 숙이고 있다.

무엇 때문일까
다양한 관심으로 다가온 얼굴들
세미한 촉수를 세우다
무관심으로 기울어진다.
중심을 잃어버린 그들
생각의 틈을 밀착시킨다.

그는
침묵의 자리에 자신을 올려놓고
그 자리에 있다.

시간의 목소리

- 욕지도 새 에덴동산의 하루

욕지도는 유월이다.
여린 쑥부쟁이 하늘을 찌른다
수평선에서 하늘이 무너져 내리고
겹겹이 일어나다 넘어지는 전투
밀고 밀리는 치열한 공방
스러진 자들 하얀 피를 토해 내며 욕지도를 깎아 세운다.

천길 돌 틈 사이로 눈물 스며 들고
까칠한 그루터기 뽑아 비스듬히 기울어졌다.
수평을 잡지 못한 두려운 생명
듬성한 가지에 거미줄 방패를 친다.
거미줄 사이로 수직 햇살 쪼개어 휴전을 선언하다

가련하였으나 질기고 날선 목소리 이였지
시간은 토해 내며 새 에덴동산으로 가는 비탈길,

돌베개를 내려놓고 야곱의 우물가 숨결을 모았다
슬퍼 보이네요, 칡차葛茶 한잔 하시지요
백자白瓷 찻잔茶盞을 밀어 권하고

흑자黑瓷 찻잔茶盞 들어 올리는 희수稀壽의 심성,
버림과 벗음으로 던진 명제命題

흑黑과 백白
흑백黑白
흙土

무엇이며
다르며
같은지요.

지명지년知命之年 못한 손 떨림으로 내려 앉고.
넘어진 시간
날선 목소리 일어나 올가미를 조인다.

분석으로 길들어진 창백한 얼굴,
외外로 돌리자 엉겅퀴 꽃이 눈을 찌른다.

낮은 목소리로 던진 현문賢問

그 백자白瓷 찻잔茶盞에 부은 칡차葛茶 황금색인데
이 흑자黑瓷 찻잔茶盞에 부은 칡차葛茶 검은가요

상황과 수용의 편협한 오차 범위들
씨름하던 힘겨운 샅바 놓았다.

물안개라도 피워 올랐으면,
숨겨진 허당한 영상들 촘촘한 욕지기로 일어난다.

욕지도 하늘 끝 햇살이 담금질 할 때
넘실넘실 번져 오는 저녁 소리에 밀리어
핏빛 엉겅퀴 꽃 한 송이 꺾어 욕지도欲知島 선착장에 선다.

※ 경상남도 통영시 욕지도欲知島에 스스로 자연의 품으로 돌아가 은둔과 침묵과 집념으로 살아가는 고희古稀 최숙자님이 세운 새 에덴동산이 있다. 최숙자 님은 욕지도欲知島의 지명과 동일하게 욕지欲知의 신비함을 간직한 성인聖人의 삶을 살고 있다.

죽음으로 넘어간 생명

선 자
넘어지고

넘어진 자
밟고 일어서는,

생명은
생존을 위하고
죽음을 먹어야 생존하는,

생존하기 위하여
끝없이 죽음을 먹고
죽이며
일어서 선다.

벚꽃

벚꽃
봄이지

벚꽃 피고,
핀 벚꽃
꽃 벗고,

벗은 벚꽃
벗고
겹, 벗고

벗은 꽃 잎 되고,

살다 보면
살아 보면,
벗고
벗는 것
스스로 남은 것 없이 벗는 것
낯선 이 에게 벗겨지는 것

물가에서 죽은 나무

설악산 흘림 골에서 주전골로
내려오는 풍광은 가을이 깊어진 듯
흐르는 옥수에 단풍이 뱃놀이를 한다.
깊은 심연을 다 이해 할 수는 없지만
세상에 제일 빠른 것이 시간이다.
능선을 넘어 오면서 관조한 것은
기암절벽 틈 사이에 자라는 나무는 싱싱하다.
어떻게 저 바위틈에서 죽지 않고
기품 있는 모습으로 있을까.

주전골 계곡 맑은 물가에
썩어넘어진 아름드리나무들
물가에 심겨져 물 때문에 죽었다

물가에 심겨진 나무가 조심할 것은 물

내가 좋아하는 것
내게 익숙한 것
내가 사랑하는 것
그것이 죽음이 될 수 있구나

자아상

산그늘로 일어서는 자아상 세우면
기대치는 팽팽한 긴장감으로 다가온다.
있는 그대로 받아들인 가슴이라면
낮은 문턱에 내려 놓았으면,

스케치만 하다 생각 걸어두고
안정감으로 올려 보는 얼굴이라면
미완의 웃음에 아쉬운 틈을 남겨
기다림의 문 조금 열어 놓았으면,
완성은 미련을 남기며
자존감은 낮을 골을 찾아 내리 숨을까

상실한 두려움 실성한 얼굴로 다가와
상처 어루만지며 힘겨워 점점 홀로된 빈 들
모든 것은 멀어져 간다.
미완의 틈 사이로 새록새록 살아나는 생각
무한대로 일어서다 낮아진다.
아름다운 자아상을 캔버스에 그리다 말고
의미 있는 미소를 던질 때 함께 웃을 수 있다면

나무와 숲

일어선 자
넘어지고
넘어진 자
밟고
일어서는,

생명은
생존을 위하고
죽음을 먹어야 생존하는,

생존하기 위하여
끝없이 죽음을 먹고
죽이며
일어 선다.

그날 넘어져 죽음이 되리

들풀들의 기도

연약한 풀잎 한줄기를 세우고,

실바람에도 소스라치게 떨며
흔들리는
작은 홀로 서기

아침,
저녁,
이슬 한 방울도 힘겨워 흐느적거리며
별 빛이 흐르고
달빛이 내려앉는 깊음 속에
고즈넉한 기다림들

능선을 넘어가는 구름들 그 어디로
또 다시 푸르다 붉어진 들녘
앙상한 가지 사이로 겨울이 울어
죽은 듯 죽은 듯이
기다림에 기대어보는

잊지 말고 나를 보시옵소서.
생각하시어 말씀하시며
작은 은덕恩德이 되소서.

황망한 들녘에 한 풀이옵니다.
작은 풀꽃을 피울 때까지,

번개 춤 소리

하늘이 갈라지는 소리에 땅은 울었다.
눈물 천지가 된 지천에
하늘이 내려앉아 풀잎 끝에 떨며 울었다.

양철 북소리
북채를 잡은 손은 보이지 않고
가슴을 뚫고 나온 뇌성 소돔성으로 내려앉는다.
눈앞에 가득한 산하 구름에 잠겨
천박한 얼굴들 다가와 가슴을 찌른다.
경각간에 위태한 제 목숨 하나 부여잡고
야훼여
좀 더 일찍 정직했더라면
낮은 자리에 엎드려 떨고 있다.

궁창이 무너진 날 숨어버린 햇살
접전중인 장마전선은 잿빛으로 죽어간다.
하늘 가득히 쏟아지는 장대비
빈틈없이 허연 물보라로 높이 일어선다.
이것이 아마겟돈일까

낮은 곳으로 고여 드는 전사들의 혈흔
일그러진 얼굴들의 토악질
밤새 강구 가득히 차오르는 신음소리
습한 곰팡이 냄새 옆으로 조용히 그림자를 잡는다.

모든 생명은 한번은 썩어져야 하는 것인데

거친 숨결 고르게 자리를 잡고 일어선다.
붉은 잠자리 젖은 날개 조용히 말리는 하늘아래
씻기고 씻김에 맑아진 얼굴들

찢어진 양철북 사이로 햇살이 내려 앉는다.
듬쑥 듬쑥 하늘을 향해 손짓하는 남은 자들
남은 자들의 숨결
무더운 여름을 밀어내고 있다.

영혼의 거리

스쳐가는 겨울이 각각 다른 저온으로 다가 옵니다.
가깝고 먼 관계들이 각각의 영역을 가지고
자기 방향으로 전진하고 있습니다.
공간적 거리를 계산하는 사람들
경직된 손익분기점에서 분리와 구분으로
바쁜 시간을 보내고 있습니다.

시간과 공간을 초월한 영혼의 거리에서
지난 시간을 촉수로 건져 올리는 따듯한 웃음으로
수직도 수평도 없는 그곳에 정점을 찍었습니다.
양순한 영혼을 만나 그림자가 없는 빛으로 들어갑니다.

누가 가깝고 누가 멀리 있는지
완전한 지지와 배척을 받는지
생각지 않는 수평적 계산들,

남음도 없고 부족함도 없는 영혼의 거리에서
그가 생각하는 계절을 입고 한 영혼과 머물고 있습니다.

조금 남은 시간 앞에

필요한 것이었으니.
넘치도록 채우려 힘을 다하였습니다.
만족은 또 다른 필요에 갈증을 느끼도록 합니다.

버려야 할 것 같습니다
짐스럽게 다가오기 전에

버리는 즐거움이 무엇인지 알기 까지는
수많은 날이 지나야 했고 남은 날이 몇 날 뿐이었습니다.

없어도 있는 듯이
있어도 없는 듯이
그렇게 단정하게 정돈 될 때까지
많은 날이 가야 할 것 같습니다.
많은 것을 가지고 더 많은 것을 가지려다
모두를 잃어버렸습니다.
조금 남은 시간 앞에 서야
조금도,
많다는 것을 알아 갑니다.

제6부
시간의 틈 사이로 간 기억

압살라 춤
- 잠자는 앙코르 와트

창공을 선회하다
톤레샵 호수 건너 착지한 씨엠립 공항
오월의 더위 거친 숨결을 막는다.
크메르제국을 찾아 나선 정글 길
삼륜 톡톡이 타고 황토 바람 줄 세우며
찾아온 앙코르 와트, 해자에 감금되어 있다.

비밀의 시간에 피어난 석화 해석하기 어렵다.
시바신의 영원을 기원하며
육십만 조각 사암으로 축조 된 신들의 궁전
자신도 신이 되려한 수리야바르만 2세
회랑에 줄지어 선 압살라 춤을 추는 부조
현실이 되지 못한 꿈을 손끝에 잡고 울고 있다.

크메르 제국의 17세 왕, 수리야바르만 2세
제국의 전사들 충성을 맹세했다.
우리는 다른 왕을 섬기지 않겠다
우리는 전쟁이 일어나면 국왕을 위하여 영혼까지 바치겠다
우리는 약속을 어기면 32가지 지옥에 태어날 것이다

그 전사들의 영혼으로 세운 크메르 제국
수리야바르만2세 왕 그때는 신이였는데
지금은 유적으로 남았네.
평원은 울창한 스펑나무 숲을 이루고
압살라 춤이 멈춘 앙코르 와트
화랑에 좌정한 어린 승려
득도의 경지를 향하여 묵언 고행 중이다.

남겨진 유민들 옛 영광이 그리워 압살라 춤을 추면서
돌아 갈 수 없는 제국
돌아 올 수 없는 사람들
남은 자는 세상을 떠돌고
황금 모자를 쓴 압살라의 무희
웃으며 흔들리는 손끝에 이방인 눈길 머물고 있다.
다 지나간 것들이다.
다 지나 가고 있다.
지나고 나면 유적이 된다.
유적은 피상으로 남고
추측만 난무할 뿐 진실은 매몰된다.

소쇄원

댓잎 바람에 부딪히는 소쇄원
양산보는 문패 없이 은둔하고
제월당 마루턱에서 송시열을 만났다.

송시열 말하기를
이곳은 오월보다 유월이 아름답습니다.

유월 장마 후 냇물 소리 시 음절 되고
매미울음 묵필에 찍어 한지에 한 줄
두 줄 엮어가는 가사歌辭
대나무 부딪히는 바람 소리 들리지요

달문이 열려지는 초경에 우는 개구리 소리
어둠에 차오르면
가사歌辭 한 수 읊조리며
녹차 한잔 할까요.

송시열은 제월당 현판으로 웃으며 들어간다.

허수아비

능선을 넘어오는 황갈색 바람은
들녘에 가을을 듬뿍 뿌리고 간다.

가을이 머무는 자리에 풀잎들 엷은 변색을 하면
작은 씨앗들 떨어지는 소리들
바람에 흔들리는 풀잎 끝에 흐르는 허전함
가슴에 채워진다.

계곡을 지난 저 곳에 깊은 묵상에 빠져있는 허수아비
저녁노을에 얼굴을 붉히면서 내게로 다가온다.
그는 말이 없다.
들녘을 가로지르는 바람에 자신을 맡기며
빛 바랜 옷을 여미고 있다.
무슨 약속을 기다리는지
빈들 녘에 홀로 남아
스쳐가는 작은 바람소리에 귀를 기울인다.

들녘에 흐르는 바람의 언어
저 허수아비와 함께 듣고 싶다.
허수아비 앞으로 해석되지 않은 언어들 줄을 선다.

시간의 틈 사이로 간 기억

시간은 자기 길을 간다.
누구의 간섭도 받지 않고
가혹하지도 않고
은혜를 베풀지도 않는다.

시간의 틈 사이
나의 선택이 동행 한다.

동행은 행동이 되어 현실이 된다.
현실은 시간 속에
나의 잔영을 뿌리며 가고 있다.
시간 속에 기쁨을 느끼고 고통을 느낀다.

선택은 결과로 돌아오고
만족도 불평도 내 것이지
원망도 자만도 어리석은 것이다.

시간은 자기 시간을 가고 있다.
시간이 가면 나의 현실도 간다.
모든 것이 지나간다.

지나 간 것에 착념치 말고
지나 갈 것에 연연하지 말자.
오늘은 오늘에 살아야 한다.

시간은 나를 사랑하지 않는다.
시간은 나를 미워하지도 않는다.
시간은 특별한 감정이 없다.
시간은 책임이 없다.

다가오는 모든 것들 머물지 못하고
생각하지 않은 시간들
스스로 벗어나 기억의 틈에 은둔한다.

다가 올 시간은 꿈이 되고
스쳐간 시간은 기억이 된다.
기억의 줄기를 잡고 가다
기억도 사라진다.

초검草劍

저 만큼 앞서 가는데 그대는
낙엽지는 소리를 듣지 못하는가.

능선을 넘어오는 생명의 소리
생명 있는 나무는 수직으로,
생명 잃은 나무는 수평으로
누워 쉼을 얻는 나무들
운지버섯 키우고 있다.

한줌의 영혼들 능선에 줄을 선다.
숨을 몰아쉬는 걸음마에 일어나는 먼지들
돌아가는 과정에 남겨진 몸부림들 파동이 된다.

저기 숲에 은신한 무덤
오석비를 깊게 긁고 지나간 낯선 이름.
그 위에 피어난 석화, 푸른 이끼 속으로
우리도 돌아가고 있다.

산정에 흩어진 억새꽃
촘촘히 은빛 물결을 이루며 산하로 흘러내려

양평을 가로막고 흐르는 남한강 은빛으로 일어선다.

억새꽃 군락에서 서걱대는 초검들
촘촘히 가을을 뿌리며 명지산과 용문산을 넘고 있다.

햇살에 밀려가는 은빛 물결 아래 숨겨진
억새꽃 세상 풍상에 억세게 살아 왔다.
바람 불 때마다 서걱대며 칼날을 세우고
한숨 몰아쉬는 눈물들 억새꽃으로 남았다.

가을 지나 겨울로 들어간 때 초검은 내려 두고
억새꽃 무리로 들어가
불어오는 바람에 은빛 물결을 타고
흰 머리카락도 바람에 흔들리면
하늘 스쳐가는 하얀 구름들 웃고 있다.

검은 머리카락은 기억되기 위해서 살았지만
하얀 머리카락은 기억에서 스스로 멀어지고 있다.

킬리만자로의 무지개

I

케냐, 나이로비를 벗어나 킬리만자로 가는 길
넓은 초원은 하늘 끝까지 신비 뿌리고
높은 하늘은 듬성듬성 흰 구름 그늘을 내리고 있다.
얼룩말, 코끼리, 버팔로, 아프리카의 자유가 부럽다.
이곳은 동물의 왕국,
사람도 동물이 되어야 살 수 있는 곳
이긴 자는 천국, 패자는 지옥
저 멀리 킬리만자로에 쌍무지개가 보인다.

II

암보젤리 국립공원 세레나 호텔은 소박하다.
한눈에 들어오는 킬리만자로 구름은 정상을 숨기고
이방인을 경계하며 관목 숲만 허용한다.
사파리투어, 동물의 왕 사자를 추격하는 길
제주도 갑절의 넓은 초원 가도 가도 끝없는 길
어린 코끼리를 추격하는 하이에나 음흉하다.
산 것을 죽여야 하는 초원의 생존법
죽은 것을 먹어야 하는 섭생법
평온하게 어우러진 살벌한 환경법
숨겨진 눈동자 먹이를 추격하는 경쟁시대

보이지 않는 강한자만 살아남고 처세술
강한자도 먹잇감이 되는 비정한 곳
나는 먹잇감을 추격하는가.
먹잇감이 된 것일까
혼돈의 시간
뜨거운 기온 가슴에 넘치고 있다.

Ⅲ
야생이 울음이 메아리치는 밤이 지났다.
대륙을 깨우는 새벽, 킬리만자로
인도양에서 솟아 오른 태양을 영접한다.
아침노을 파노라마 번져가는 만년설 위에
찰나를 스쳐가는 영롱한 빛들 정상에서
평원으로 흘러내리는 생명줄 강줄기가 되고
표현되지 않는 여분의 감격 카메라에 남길 때
킬리만자로는 구름에 은둔한다.

Ⅳ
한편의 시, 킬리만자로의 무지개를 쓰는 이곳에서
어니스트 헤밍웨이는 킬리만자로의 눈을 집필 했다.
마사이족들이 말하는 번쩍이는 빛의 산

팔십 오년 전 그 때의 킬리만자로의 만년설 사라지고
오늘,
현무암 분화구가 갈증을 느낀다.

터전을 잃어가는 킬리만자로의 표범들
하이에나 무리들 은밀한 잠행에 피곤하다.

생태계의 변화는
생존의 변화로
종족보존과 멸종의 각개전투에
생기가 넘치는 아프리카 대륙
킬리만자로의 무지개는 두고 간다.
보는 것으로만 만족했다.

자연계시

흐르는 물 흘러가고
바위는 물에 잠겨있다.

머물고 싶은 물은
의지와 상관없이 흘러가며
다시 오지 못함을 아쉬워 한다.

바위는
그 자리를 떠나고 싶은데
태고로부터
그 자리에 머물면서 괴로워한다.

내 뜻대로 되기를 원하지만
내 뜻대로 되지 않는 것도 있다.
그래서 공평해진다.

내 뜻대로 되지 않는다고 가슴을 태우고 있구나.

가청오리

희멀건 안면도 겨울 바다
일몰을 준비하는 햇살 풀어져
해면위로 밀려온다.
수평선은 홍조를 띄며
점점이 저녁 구름들을 띄운다.
희미한 섬 그늘 파도에서 일어서고 있다.

반짝이는 은빛 물결위로
가청오리 한 무리가 떼를 지어 오른다.
수평선에 한 줄로 꿰어져 간다.
겨울을 찾아가는 긴긴 여행을
해질녘에 시작할까

멀어져가는 가청오리들 이별 소리
매섭게 귓가로 스쳐온다.

일몰에 빠진 파도소리
묻혀가는 나는 겨울을 벗어나
봄으로 가고 있다.

빈자리에 머무는 그리움

그대 빈자리에
허전한 바람만 스쳐 가요

그대 빈자리에 그림자마저 없으니
따사로운 봄이
아지랑이로 피어오르네요.

저 빈자리에 일렁거리는
그대의 모습이
허공에 차오르네요.

망각의 한계

푸른 바다에
그림자 하나 세우고

푸른 그림자 하나
물결로 지우고

지우다
지쳐 돌아서고

아쉬워하며
지워진 그림자
다시 끌고 가며 그리워하고

햄릿의 고뇌

햄릿은
죽느냐 사느냐의 문제로 고민했다.

오늘은
이것이냐 저것이냐 문제로 근심한다.

산다는 것은 단순하지만
어떻게 살아가느냐는 복잡한 것

이것이냐 저것이냐의 선택이
죽느냐 사느냐를 결정한다.

넘치는 정보 참과 거짓을 구분하기 묘하다.
요행을 바라고 살기에는 너무 위험한 세상
돈키호테가 부럽지만
햄릿의 고민을 넘어선 사람들
이것이냐 저것이냐 갈등하는
결정장애로 힘겨워진다.

메두사 호의 뗏목
- 프랑스 루부르 박물관에서

I
이십칠세의 데오도르 제리코
분노하며 메두사호의 뗏목을 그렸다.
공포에 질려 서른세살에 요절했나.

II
지상의 패권이 좌절된 나폴레옹
해상의 패권을 꿈꾼 부르봉 왕조
왕당파 미그기르왓트 수마레 무자격 선장
세네갈의 생루이 항구 점령을 위하여
출발한 메두사 군단의 꿈은 모래톱에 좌초되었다.
사백명의 생사는 신분과 계급으로 불리된 명암
여섯 구명정에 승선한 선택된 이백 오십명 귀족
메두사 호 뗏목에 남겨진 일백 오십명 천민들
선장 미그기르왓트 수마레
예인하던 약속의 밧줄을 끊었다.

Ⅲ

표류하는 메두사 호의 뗏목 2주간 생명
선장도 없고 동력도 없고 양식도 없다.
거센 풍랑은 지칠 줄 모르고
작살 같은 햇살 피부로 들어온다.
배고픔과 갈증, 공포에 질린 눈초리

좁은 메두사 호 뗏목의 처절한 생존기
파도에 유실되어 죽고 절망 속에 술 취해 싸우다 죽고
살기 위해 인육을 먹고
바닷물을 마시고 갈증으로 죽고
사하라 해변에서 구조된 열셋은 미쳐버렸다

Ⅳ

최후에 남은 자 알렉상드로 코레아, 앙리 사비니라,
죽은 자는 바다에 수장되고
생존자의 소송은 판결이 없다
분노에 찬 서민들의 외침 권력자의 조소가 되었다.
권력자의 죄악은 정책의 실패로 책임질 자 없고
가진 자의 죄는 단순한 실수 정죄 하지 않고

가난한자의 억울함은 듣는 귀가 없는 어두운 현실
젊은 화가 데오도르 제리코는 외롭게
메두사 호의 뗏목의 비통함을 광폭의 그림으로 고발했다.

그 고발장은 지금도 프랑스 루브르 박물관에
메두사 호의 뗏목을 걸어두고 재판 중이다.
루브르 박물관을 찾아오는 자들에게 명 판결을 구한다.

V

메두사호의 뗏목을 분석 중이다.
희망과 절망이 교차하며
빛과 어둠이 어우러진 침울한 현실 앞에 선 자들
지금도 선장 미그기르왓트 수마레 약속을 믿고
메두사 호 뗏목에 승선한다.
다시 십 사일간의 사투가 다시 시작된다.
아르고스호가 올 때까지 깃발을 흔들자

나는 판결을 한다.
희망을 가져야 한다.
산자가 되어야 할 말을 할 수 있다.
정치인의 말을 듣고 행복한 적이 있었는가.

개구리

어제,
개구리 우는 소리는
개굴, 개굴 하고 들렸다.

오늘,
개구리 우는 소리가
억울, 억울, 정말 억울하다 한다.

저 개구리도 유능한 변호사가 필요 한 것 같다.

내일은
개구리 우는 소리가 어떻게 들릴까
나도 모르겠다.

문제가 해결되지 않으면
죽을 때 까지
억울, 억울하다 할 것 같다.

불나비

나비가 불을 사랑하여
불 속에 자신을 불살라 불이 된다.
불은 나비를 불 속으로 부르지 않았다.

나비는 스스로 불을 사모하다
제 이름을 불나비라 지어 부르고
불을 위하여 제 한 몸을 불살라 죽었다.

불은 나비를 사랑하지 않는다.
불은 나비의 죽음을 슬퍼하지 않는다.

나비는 나비로 살고
불은 불로 살고

불은 나비가 될 수 없다.
불은 나비를 가까이 하지 않는다.
너울너울 나비가 불 속으로 날아와 불이 된다.

만경평야 청보리

만경강은 갯벌을 따라 서해로 가고
비스듬히 누운 빈 배는 밀물을 기다리고
여인들은 해조를 줍는다.
갯벌에 선명한 발자국.
누운 배가 일어설 때 쯤 수평선을 넘을까

저 고개를 넘어오는 만경평야
듬성듬성 마을을 흩어놓고
하늘 끝으로 가는 청보리
오월 햇살에 흔들려
푹 익어가는 황금 밭 지평

지평선과 수평선이 만나는 능선 아래
숨어 있는 망해사
풍경소리 허공에 없어 맴돌고 있다.

적송赤松

오대산 계곡의 숨결
해질 녘 산마루에 채워질 때,
더욱 붉어지는 적송 그늘

석양의 붉은 노을을 먹고 마셔
못 다한 말들이 얼마나 많았으면
온 몸에 핏빛으로 흘러 내리나

살면 살수록 할 말이 많고
말할 수 없어 속으로 삭이는 붉은 고통
산다는 것이 그러한가 보다.

아름드리 군락을 형성하여 겹겹이 둘러싸인 침묵
기다림은 하나의 굴레를 만들어 촘촘히 숨겨졌는가?
스산한 바람 소리로 다가와 돌아설 때
황갈색 솔가리 허공을 맴돌다
서럽게 가슴을 후비는 바람이 흩어진다.

봄의 노래

꽃 피고
꽃 피고 지고
꽃 지고 피는 꽃들

풀이 되어 다시 봄으로 돌아온 생명
바람에 흩날리는 꽃잎
초목은 바람으로 오고
새싹은 소리로 돌아가며
바람과 소리가 어우러지는 이곳에
봄은 저만큼 가다 돌아서며 소리친다.

죽은 것은 죽은 것으로
산 것은 산 것으로

죽은 것은 봄이 없다.
살아 있는 생명만 봄이 있다.

알래스카의 고래사냥

I

앵크리지에서 수어드로 가는 기차는 느리다.
창밖에 스쳐가는 설산과 빙하
절벽에서 폭포가 되고 툰드라의 야생화가 된다.
만년설 신비를 찾아온 유람선
막아서는 빙하의 자폭
출렁이는 물결에 유빙들 침강하고
백야에 적황색 오로라의 신비로 부활하여
북두칠성으로 승천한다.

II

그, 아득한 태고에 혹독한 겨울이 오면
몽골리언 울산 사나이 신대륙을 찾아
결빙된 베링해협을 건너와 알래스카에
몽골리언 온돌방을 만들고 에스키모가 되었다.

쌀이 없는 코리언, 만년설의 극한의 생존점
늑대들 잡아 길들여 썰매개로 만들고
개썰매를 타고 다시 늑대 사냥을 했다.

배링해협에 유월이 오면
울산 반구대에 암각 된 고래 사냥
힘찬 고래 사냥 합창으로 작살을 던진다.
앵커리지의 알래스카 원주민 헤리티지 박물관,

툰드라의 늑대 몰이하던 에스키모
감금된 가련한 고래사냥 노래가 애잔하다.
북극점 로바우 촌락에서 유산을 지키기에 힘겨워
낮술에 취한 한 인디언 소리친다.
너희 땅으로 돌아가라
그는 툰드라의 질주를 그리워한다.

Ⅲ

울산 반구대 암각화 고래를 즐겨보며
오일 장터 좌판에서 고래 고기를 먹었다.
어느 때 부터 고래 고기 장사는 오지 않았다.
고래 사냥의 성지 장생포에 포경선이 사라졌다.
에스키모의 고래사냥 노래도 멈추었다.
그린피스 짓이라는 것을 늦게 알았다.

방황하는 생각은 북미의 최고봉 맥킨리 산으로 왔다.
타카트나에 차가운 지석에서 한 이름을 만났다.
고상돈 그는 제주도 사나이

히말라야 등정에 성공하고 남긴 한 말
여기는 정상 더 이상 오를 곳이 없다
그를 기억하는 이들이 지석 글귀
젊은 넋이여 겨레의 기상 싣고 흰 상상봉에 널 머물거라

정상을 향하여 갈 때까지 가야 하는가보다
경비행기를 타고 멕킨리 산을 올라가는 방법도 있구나
언젠가는 죽는데
무엇을 위하여 생명을 바치느냐
방법의 문제다.

그 술 취한 인디언의 말대로 나의 땅으로 돌아왔다.

지금, 주인이 아닌데 주인 같이 살고 있다.

버릴 것을 품으면 남은 시간이 힘겨울 거다.

본능이 머무는 곳

본능이 세상을 방황하다가 무덤으로 갔다.
야망은 묘지를 남기고 가까운 혈족을 묘지지기로 세웠다.

침묵하는 무덤,
무덤에 침묵을 해석하는 자가 없다.

방황하는 본능들 무덤을 향하여 줄을 선다.
묘지 지기 할 혈족이 없으니 공동묘지로 간다.

무덤이 낮은 음으로 질곡을 한다.
듣는 자는 공동묘지를 피하여 가면서 귀를 막는다.
아는 자는 자신과 상관이 없는 일들이라 한다.

본능은 계획과 상관없다.
어느 날 무덤의 문이 열린다.
거부할 수 없는 절대자의 힘으로
본능은 무덤으로 들어가 침묵한다.

생각하는 그대는 행복하다

I

저물어가는 한 해 밑에서
님을 생각하면 감사 할 뿐입니다.
바람결에 떨어진 낙엽들도
겨울바람에 바스러진 풀들도
정겨운 한 때가 있었음을 잊지 않으려 합니다.

한 동안 치져버린 마음으로
계절을 느끼지 못하는
목석 같은 몇 해를 보내었습니다.
긴 기다림에 지쳐버린 날들이 쌓여갈 때
교회 건축을 완공하고 입당하여
함께 즐거움을 나눌 수 있는 영광을
주께서 허락하심을 진심으로 감사드립니다.
또한 깊은 사랑과 관심으로 사랑을 베푸시고
변함없는 신뢰와 믿음으로 기도하여 주심을
오래 동안 기억하며 잊지 않겠습니다.

돌아서 비방과 조소를 보내는 사람들
한 때는 그들을 탓하며
밤잠을 이루지 못한 때가 있었습니다.
이제는 겸허이 다시 돌아보며

잊혀 감을 감사합니다.
짧지 않은 시간이 지나 갔음에도
그 때의 일이 추억 같이 여겨져
점점 가리워져 가는 것도
하나님의 크신 은혜인가 봅니다.

Ⅱ
바람과 구름은 머무르지 않습니다.
앙상한 나뭇가지에 푸른 잎이 감돌고
폭양이 내리 쬐이는 무더운 여름날
숨 막히는 날들
아름다운 단풍이 물들어진 산천을 바라보며
언제 저 북한산 능선으로 그대와 함께
빛 깔 고운 잎들을 보고팠는데
어느 듯 흰 눈이 산봉우리에 쌓여 있네요.

Ⅲ
만남은 아름다움 이라
그리움은 아직도 그대를 사랑하며
기억함이리라
올해가 저물어가는 십이월 말미에

다시 한 번 그대를 되뇌며 생각하며
그대 사랑하오
그대 감사하오.
그대의 행복과 번영을 진심으로
기도하오.

Ⅳ
몇 날이 지나면
오늘은 기억으로 남겨지겠지만
늘 아름다운 기억으로
뇌리에 새겨져
그대 곁에 맴돌고 싶어요.
그대 사랑하는 사람으로 기억 되고
나 그대의 아름다운 추억의 자리에

머물다
맴돌다
어느 날 꽃처럼 떨어지고 싶소.

Ⅴ
새 날이 오면 잊지 말아요

그대의 넓은 품에 좀 더 넓은 공간에
난 머물고 싶소.
그대의 웃음이 나의 웃음이 된다면
그대의 슬픔이 나의 슬픔이 된다면
새 날이 오면 함께 나누어요.
그대의 모든 것으로
나 모든 것을 그대와.

지난날의 감사가
오늘도 그대를 생각하게 하네요.
늘 감사하며
늘 감격하는
새 날이 되세요.

서평

시의 형식미와 표현 기법이 주는 감동

정 재 영 박사
(한국기독시인협회 전회장)

1. 이끄는 말

시의 정의는 단순하지만 그것을 드러내는 방법은 다양하다. 시를 사전적 의미로는 정서나 사상 등을 운율을 지닌 함축적 언어로 표현한 문학의 한 갈레(장르)라 한다. 그러나 다른 장르와 달리 시라 할 때는 주로 그 형식적 측면을 가리켜 문학 작품을 평가한다. 시에서 중요시 하는 함축이란 말도 많은 내용을 짧게 언어로 만든 예술이라는 것을 뜻한다. 특히 서정시는 하나의 작품 안에 선명한 이미지를 동원하여 설명이 아닌 보여줌의 감각화의 역할로 그것을 증명한다. 시의 노래성은 정형시와 달리 이미지의 미적 울림(감명)에서 찾는다.

그럼 정두모 시인의 작품 속에서 그것이 어떻게 존재하는가를 분석해보고, 심미적 특징을 찾아보려한다.

시는 진리를 만드는 것(창작)이 아니다. 다만 그것을 드러내는 것(표현)을 말한다. 즉 그 동안 없었던 진리의 내용을 만드는 것이 아니라 그것을 새롭게 해석해 내는 것을 뜻한다. 이 말은 기독시인에게는 금방 납득된다. 달리 말하면 귀하고 영구적인 내용을 말하려면 성경보다 더 완벽하고 영원하며 보편적인 진리는 없다. 그런 면에서 소위 아포리즘의 시가 심미학적으로 높이 인정받지 못하는 것이 일반적이다. 자기고백이 아닌 남이 이미 살핀 교과서적인 내용을 들어 가르치려 하는 태도에서 한계성을 가지기 때문이다. 근대 이후 모든 예술에서는 묘사보다는 자기 정서 표현을 중요시한다. 즉 미술에서 인상주의 화가들의 심리 표현방식과 같은 것이다. 그것은 아주 개인적인 것을 말한다.

〈프롤로그〉에서 '시는 나의 흔적이다.'라 한 것이나 객관적인 관조라는 말은 정 시인이 창작이론의 분명하고 개론적인 토대에서 시를 만들고 있음을 알게 해준다. 특히 '인간다운 인간'의 입장을 견지함은 시인의 역할이나 사명을 잘 이해하고 유지하고 있음이다. 더욱 중요한 것은 '객관적 관조'라는 말을 사용하고 있는데, 아주 중요한 포인트다. 엘리엇의 객관상관물로 형상화 작업을 하고자 하는 의도가 분명하다. 시에서 진술과 설명을 구분하고 정서를 육화(형상화)하려 하는 학문적 이해도가 분명함을 보여준다.

아리스토텔레스의 『시학』을 굳이 거론할 필요가 없지만 효과적인 면에서는 문학의 카타르시스의 효과나 목적을 만들기 위한 구조를 살필 필요가 있다.

구체적으로 형이상시(metaphysical poetry)에서 유래한 융합시학의 이론에 바탕을 두고 이 시집에 나타난 형식미를 살펴 미학성을 증명하려 한다.

융합시의 특징은 크게 3가지로 구분한다. 첫째는 양극화 구조, 둘째는 그 구조의 융융으로 이루어지는 미학적 감명, 마지막으로 작품 속에 나타난 문학적 순수한 통징을 보려 한다.

2. 융합시학의 시론으로 보는 특징

융합시는 존 던 등의 형시상시학파(metaphysical poets)시인들의 특징에서 유래한다. 이 이론은 17세기 영국의 존 던(John Donne)의 시의 기조를 이룬다. 대표적인 형이상시학파인 그에 대한 자료를 차용한다면 다음과 같다 '그는 런던 세인트폴 성당의 참사원장을 지냈다. 사제 서품을 받기 전에 주로 쓴 세속적인 시뿐 아니라 종교적 운문과 논문 및 17세기의 가장 뛰어난 것으로 꼽히는 설교들로 유명하다.'

존 던의 작품들은 드라이든이 그의 시의 특징을 형이상시라 부른 후 19세기 초부터 천재성을 깨닫기 시작했다. 20세기에는 시뿐 아니라 설교문도 대단한 호응을 얻었다. 소위 신비평학의 엘리엇, 랜섬, 리처즈, 테이트 등의 작품과 비평에서 다루었다. 문학사 문헌에 '존 던은 시인이자 산문작가로서 17세기와 20세기의 작가들에게 특히 많은 영향을 주었다,'

2-1) 양극화 구조

양극화란 이질적이고 상반성의 형식을 말한다. 인간의 존재나 정서 속에 나타난 양면성을 뜻한다. 우선 그 작품 속에서 찾아보자

〈1연 생략〉

아름다운 아지랑이 꽃 잔치,
청록 계절의 천둥을
진홍치마 곱게 차려 입고 산마루 넘어간 시월,

〈후반부 생략〉

〈3연 생략〉

너의 뒤편에서 종말을 준비한 십이월이
화려한 성탄절을 준비하고 조바심을 가지면서
너를 무척 성가신 존재로 생각하는 것을 모르는가.

십일월에 그린 그림에 감금된 시간들이
불편한 듯 신음 하면서
과거에 집착하기 보다는 차라리,
십이월의 종말을 원하고 있는데
넌 종말의 걸림돌이 되어
너의 시간에 함몰되어 있느냐.

〈마지막 연 생략〉

-「십일월에 그린 유화」 부문

이 작품은 이번 시집 표제시다. 11월은 10월과 12월의 중간 달이다, 10월은 단풍을 꽃잔치로, 봄의 모습과 의도성을 가지고 강제적으로 연결하고 있다. 12월은 반대로 겨울이다. 겨울은 종말의 상징으로 동원하고 있다. 여기서 중요한 상징주의를 서둘러 짚고 넘어갈 필요가 있다. 시집 전체를 아우르고 있는 문학예술사조로 보면 상징주의의 특징이 여러 곳에서 선명하게 드러내고 있기 때문이다.

상징파 시인들을 요약하여 설명한 글을 보면 '인간의 내면생활과 경험의 덧없고 순간적인 감각을 묘사하기 위해 시를 설명적인 기능과 형식적인 미사여구에서 해방하기를 원한다. 그들은 인간의 내면생활에 대한 감각적 인상과 형언할 수 없는 직관을 환기하고자 했으며, 정확한 의미를 갖고 있지는 않지만 시인의 정신상태를 전하고 표현할 수 없는 현실이라는 '난해하고 혼란된 통일체'를 암시할 수 있는 지극히 개인적인 은유와 상징을 사용하여 존재의 근본적인 신비를 전달하려 한다. 베를렌이나 랭보 같은 상징주의의 선구자들은 샤를 보들레르의 시와 사상, 특히 〈악의 꽃 Les Fleurs du mal〉에 수록된 시들에서 큰 영향을 받았다.'라고 정리하고 있다. 정 시인의 작품을 결론적으로 잘 보여주는 설명이다.

작품 안에 나타난 상징어를 더 살필 필요가 있지만 다시 양극화의 모습으로 돌아와 살펴본다. 그 상징성의 이중적 구조 즉 10월과 12월의 중간 상징으로 11월을 배치하고 있다. 11월은 꽃과 같은 시절과 종말의 시대적 모습의 중간자다. 이것은 시인의 정서적 위치이며 시대상의 특징을 상징적으로 보여주고 있다. 10월의 이미지와 12월의 이미지는 서로 11월에서 융합적으로 용해되어 새로운 이미지를 창출하고 있는 것이다.

여기서 그림이란 시인 내면 현실에 나타난 정서적 형상화다. 시인의 역사적 환경으로 볼 때 항상 그의 무의식 속에는 종말에 대한 사고와 고민이 습관화되었을지 모른다. 자연히 그 특징을 작품 속에서 보게 마련이다. 시인의 정서는 그 종말론적 사고의 강에서 노를 저어가고 있음을 전 작품 안에서 볼 수 있다. 종말이란 회복의 순간이 시간적으로 촉박하고 부족한 시점으로, 희망과 절망의 중간자의 위치를 점하고 있는 심리를 보여준다.

상징주의는 이미 성경이라는 고전에 무수히 사용된 기법이다. 이 상징주의의 모습 즉 애매성(Ambiguity)이라는 시의 특징에서 시는 감각하는 것이지 이해하는 것이 아닌 것을 정 시인의 작품을 보면 분명하다. 이것은 시의 상상 세계를 확장시켜 주고 의미의 외연을 넓혀주는 것으로 시가 형식상 짧지만 품고 있는 함축성은 방대하고 끝이 없는 것을 말함이다 그래서 굳이 평자가 해석을 하지 않고 평설에 그치는 이유가 바로 그것이다. 11월이 주는 종말론적 정서란 독자의 현실과 입장에서 각각 다를 수밖에 없다. 즉 시인은 정답을 말하지 않고 11월의 시기적 모습의 특징에서 보여주기만 하는 것이다. 이런 면이 그의 작품이 문학적 토대가 분명함을 나타내주는 면이다.

이런 양극화의 배치는 대부분의 시편에서 많이 찾아 볼 수 있으나 지면상 한 편만 더 찾아보려 한다.

> 운집과 결집으로 연결된 숨결 견고하다.
> 빈틈없는 완벽한 힘 멈추면

방향을 찾지 못하고 방황한다.
반복되는 그림자들 중첩된 집합을 이루지 못하고
거침없이 수직으로 내려오는 빛
부드러운 수평적 저항에 굴절된다.

수직과 수평의 균형이 무너졌다.

〈중간부문 생략〉

방향은 중요하지 않는 듯 넓은 길이라면.
피란을 함께하는 자가 있다면
함께 두려움을 느낄 수만 있다면,
운집과 결집의 숨결 무너지면
강한 곳에서 약한 곳으로 기울어지기도
약한 것이 강한 곳으로 스며들기도
더욱 거칠어진 호흡
피난처 찾아 나선 피란들,
피난처를 찾지 못해 무너지는 피란들.

-「피란 避亂 」부문

수직적 하늘의 빛과 수평적 땅의 갈등을 잘 보여 줌으로 이 작품도 역시 이질적이고 상반적인 구조로 이루어졌다. 수평의 땅에서의 도피 즉 피난을 즉 혼란을 보여준다. 여기서 인간의 자기 구원에 대한 한계성을 함축하고 있다. 수직과 수평의 파괴란 하늘과 땅의 접점의 어그러짐 즉 불일치성을 말함이다. 이런 두 이미지의 파괴는 융합의 파괴를 통해 갈등의 문학적 카타르시스를 유도하고 있는 것이다. 인간들의 동질성을 보여주는데 그것은 인류역사의 모든 기간을 이어져 나온 보편적 상황의 그림이다. 역시 표제시에 이런 논리와 합일되는 구조를 가지고 있으며 내용도 일맥상통한다.'피난이 피난을 찾지 못해 무너지는 피난'이라는 마지막 연 마지막 행이 바로 전체를 아우르는 결구인 것이다.

2-2) 양극화의 융합기전

시 구성이 의도적이거나 우연의 배치이거나 상관없이 두 상반성의 존재는 결국 용해되어 하나의 내용으로 이루진다. 이런 메시지를 엘리엇은 다양한 이미지의 통합으로 규정한다. 엘리엇은 「형이상학파 시인들」(The Metaphysical Poets)에서 일반 대중과 시인의 다른 점을 밝히고 있다. 일반인들은 무질서하고 단편적인 경험을 하고 그 경험들의 상호연관을 짓지 못하는 반면에 시인의 마음은 상이한 경험들을 통합시켜 새로운 전체를 형성한다는 것이다. 이런 시들을 통합시라는 말로 번역하였으나 실은 하나의 도가니 속에 녹아 새로움을 창출하는 것을 의미하기에 융합이 더 가까운 말이 된다. 한걸음 더 나아가서 이미지의 난삽(난해)한 존재가 아닌 단일체로 선명(분명)하게 재생산되는 이미지를 융합이라 말하고자 한다. 이것은 물리적 fusion이 아닌 화학적 새로움인 amalgam이 되는 현상이다. 그 목적이 새로운 감각과 지시로 탄생됨에 있기 때문이다. 콩과 팥을 하나의 단지에 넣어두는 것이 아니다. 불이 잘 붙는 수소와 산소를 합치는 것이 아닌 두 요소를 융합시켜 불을 끄는 물이 되듯 그 융합으로 만든 화학반응이 심리적인 반응을 일으키는 기전을 말하는 것이다. 목적은 미학적인 정서현상의 감명(공명)의 도출을 뜻한다.

스스로 문 닫고 자물쇠 열고
스스로 문 열고 자물쇠 닫고
문을 열면서부터 시작하고
마지막은 문을 닫음으로
통제하는 그림자
스스로 문을 만들고 자신을 감금하는
그 공간에서 자유를 누리는 한정된 행복들,

〈중간부문 생략〉

볼 수 있는 것만 보고
볼 수 있는 것도 심상에 따라 거부하는
선별적 자존감
그곳에 만족하며
창밖의 풍경 동경하지만
스스로 문을 닫는 갇힌 자들

〈중간부문 생략〉

그들의 뇌리 속에 숨겨진 각각의 비밀번호
누구도 해독 할 수 없는 보안 장벽

자신만이 열 수 있는 공간
스스로 주장하는 갇힌 자의 권리,

-「갇힌 자의 권리」부문

현대 도시인의 환경과 심리의 이중성을 그려준다. 첫 연에서 문을 닫고 여는 자유, 그러나 풍경으로 이야기 하는 외부와의 단절, 현관 열쇠의 비밀번호처럼 자기만 가지고 있는 자유가 결국 타인과의 단절을 스스로 만들고 있음을 보여준다. 현대도시는 농경사회에서 항상 열어있는 대문 대신 자기의 공간을 스스로 유폐시켜 서로 포로가 되는 것이다. 그 자유는 허상의 권리다. 속으로 침잠해 들어가 외톨이가 되는 현대인의 고독을 역으로 주창한다.

여기서 융합의 기전은 닫힘과 열림의 이중성이다. 그럼으로 시인은 포로의 새로운 권리이자 자유로 재생산해내는 골계미(익살미)를 만들고 있다. 단순 비유가 아닌 이중으로 겹치기 기술을 구사하여 함축이나 암시를 내포하고 있는 것이다.

〈전반부문 생략〉

이명증으로 잃어버린 중심들
돌아가는 그림자 바라보니
해결의 힘은 시간이었다.

각자가 자기 시간을 만들고 있을 때

오색딱따구리 관목을 쪼아 내는 청명한 외침이
황갈색 겨울이 무너지고
녹색 천지에 차오르는 리듬 춤이 되어간다.

-「오색딱따구리」부문

다시는 스쳐가지 못하고
홀로 머물지만
홀로인지 모르는 느낌이 타인의 눈물이 된다.
기억하기 위해서 살았지만
기억을 지우며 살아가는 현실은
혈족의 기억에서도 멀어져 있다.

-「치매 병동」 부문

〈전반부문 생략〉

남은 날들
흐름의 순간순간
숨겨진 그 기다림이 스쳐갈 때
멈춘 시간 아픔이 된다,

그 상처를 보아도
아픔이 없을 때.

상처는 향기 없는 꽃이 된다.

-「기다림이 스쳐갈 때」 부문

세 작품은 상호보완 관계에 있다. 잃어버린 것들의 아픔은 실제 본인은 지각하지 못한다. 이때 화자는 3자가 된다. '상처가 향기 없는 꽃'이 되는 것은 바로 잊음에서 생기는 것이다.'긴 침묵의 그림자'는 소란스런 딱따구리와는 이질적인 것이다. 이명 현상은 뇌에서 울리는 질병으로 그 울림이 딱따구리 소리로 되다가 마지막에 리듬 춤으로 치환된다는 발상은 시인의 상상력이다. 이 상상의 연장(확장)에서 죽음 후 침묵도 꽃으로 되어 영생의 찬란함을 제시해주는 것을 암시하고 있다.

고통의 이명이 춤이 되듯 아픔이 사리지는 최후에는 꽃이 된다는 말은 사람에 대한 희망과 애정을 품고 있는 것이다. 이 작품 셋은 아픔의 치환이 꽃이라는 말로 시간의 공통점을 가진다. 즉 어떤 대상에 대한 사랑(관심이거나 애정)은 시간이 만든 것을 말하고 있다.

2-3) 융합시의 문학목적론

문학은 순수한 통지(痛懲)에 목적을 둔다. 여기서 통징이란 엄징(嚴懲)이라는 말로도 사용하는데, 인간을 바로 교육하려는 아픔이다. 이 말은 아리스토텔레스의 『시학』에 나오는 비극의 효과 즉 카타르시스와 역사적으로 긴 맥을 유지한다. 성경 딤후: 3장 16절의 성경 목적론과도 같은 해석으로 받아들여도 무방하다.

가을 먹지 못한 감나무 잎
껄끄럽게 떨어진다.
바람에 한번 빗대어 보다
좁은 골목길로 비켜서다
알고 보면 서러운 듯 까칠하다
시린 떨림이 온다.
벗어버린 허전함에 오는 것일까
가난한 서러움이 쪽문에 기댄다.

하늘로 올라간 감나무 가지 끝,
집착하며 계절을 이겨보려
한없이 바람을 일으켰던 그 날 멀어진다.

그때, 하늘도 푸르고
눈 안에 고이는 것도 녹색 이었다.

지금, 하늘이 하얀 머리를 풀어 내리면
숨죽이며 서늘하게 조여 오는 남은 날들
거침없이 휘몰아치는 입김이
낮게 내려앉는다.

비로소 멀어진 것들
아련히 가는 것을
어찌 그리했을까

남겨진 것은
앙상한 골격에 봄 싹눈
담담한 찬바람 몸을 밀어내며
차디찬 끝자락에 홍시 하나 남겨둔 인정들
까치밥 이라며 돌아 선다

남겨진 것인지
남겨둔 것인지
모든 것을 내어주고
남은 하나를 지키고 있다.

-「겨울 감나무」전문

원래 시란 1인칭의 고백이라서 모두 자기 정서의 노출이다. 대부분 자화상이다. 이 작품 첫 행에서 감나무 이파리가 고운 단풍이 아닌, 단지 가을이 되어 말라버린 갈잎이 된 것을 '가을 먹지 못한 감나무 잎'으로 표현했다. 즉 감나무 모습으로 화자의 현존에 대한 비유로 자화상을 그리고 있는 것이다. '서러운 듯 까칠하다'와 '시린 떨림'은 화자 자신의 실존적 의식에 대한 토로이다.

'하늘로 올라간 감나무 가지 끝,'은 추구하는 이상의 지향점을 말하는 것으로, 다분히 종교적 심상이다. 기독시인이 늘 망각하지 말아야할 부분으로 소위 현대시의 창작이론 중 천상적 이미지의 지상적 이미지로 변용(變容) 작업이다. 겨울 감나무는 온 세월을 하늘을 향해 손을 벌리고 있었던 감나무와 같다고 함으로 화자의 사명감을 보여준다. '계절을 이겨보려/ 한없이 바람'은 공기이동으로 생기는 자연현상의 바람이 아니라 화자의 심리 안에서 스스로 일으킨 자력의 바람을 말하고 있다. 그 바람이 붙들고 있었던 것은 실은 소원의 바람(望)과 동의어로 언어유희의 수사법을 사용하고 있음을 암시하고 있다. 그 바람은 기도일 수도 있다는 말이다. 대상은 푸른 하늘이서서 우주적 존재에 대한 비유이며, 눈에 담은 녹색은 희망의 초록빛을 은유하고 있다.

겨울의 실존의 양식은 하얀 머리다. 겨울에 내리는 눈으로 이중변용을 알게 해준다. 겨울에는 차가운 입김도 하얗다. 앞의 하늘을 향한 상승의 진술과 달리 입김은 하향의 이미지를 보여준다. 눈은 천상을 향했지만 가슴 속에서 나오는 입김은 지상을 향한 마음을 보여준다. 즉 융합시의 특징인 이질적이고 상반적인 이미지 구성으로 겨울에는 아직 제대로 물도 들지 않은 이파리도 떨어지고 마는 별리의 아픔의 현상을 그려주고 있다. 화자는 까치밥으로 그런 절망에서도 절대적 좌절을 거부한다. 하나 남은 희망 이것은 겨울 감나무가 된 희망이 겨울이라는 상황적 조건에서도 '봄 싹눈'으로 남겨진 것이다.

이 「겨울감나무」를 읽는 사람은 모두가 시인의 미학적 설득에 그 나무가 된다. 인생의 존재론적 거대 담론을 짧은 문장과 적은 언어 속에 담아두려는 시인의 예술작업의 전면을 잘 보여주는 작품이다.

감나무의 겨울의 환경에서 모두 자기 자신을 발견하고 그 아픔의 모습에서 자기 통증으로 감각하는 심리적 미학이 곧 문학이 노리는 목적론인 통징을 선명하게 보여주고 있는 작품이다.

이번 시집의 전편을 통해서 흐르는 11월의 싸늘한 기온을 애련하게 느끼는 것은 인생의 덧없는 종말론적인 정서를 역사적 시간으로 잘 드러내고 있음이다. 그러나 염세주의에 빠지지 않고 과거의 허무와 미래의 희망을 동시에 제시함으로 영원한 인간 가치를 약속하는 시어에서 양방향을 보여줌의 의미가 특출하다

다시 돌아올 수 없는 상징어로 사용된 바람 이미지를 담은 시편을 하나 더 고른다.

〈전반부문 생략〉

연습이 없다.
항상 새로운 것
의미를 아는 사람은 지루하지 않다.
열매가 없는 사람만 진부한 것.
언어에는 다시 한 번이 있다.
삶에는 다시 한 번이 없다.
언어와 삶의 사이에 존재함으로 후회한다.

잘한 것도 한번으로
잘못된 것도 단회로 끝난다.
야박한 놀이라 늘 개운치 못해 여운이 남는다.
모든 것이 처음이면서 마지막이다.
순간의 귀중함을 알지 못했다.

되돌리고
되살리는 능력이 없는 위험한 생존이다.

〈중간부문 생략〉

바람은 쉬지 않고 늙은 느티나무를 흔들고 있다.
잎사귀를 아낌없이 던져 주는 나무는 말이 없다.
앙상한 가지가 남았지만 말이 없다.

나는 아직 말이 많다.

-「느티나무 후회」부문

오래된 느티나무의 존재는 반복으로 생존해 온 것이 아닌 단회성으로 존재한다는 것을 말하고 있다. 팔백년의 느티나무는 팔백 번의 해와 그것을 365로 곱한 일수와 24시간으로 곱한 시간들이 이룬 단회적인 것의 누적을 총체화한 모습임을 말하려 함이다. 그래서 생명은 단회적이면서 영구한 시간 속에 살아가는 양면성의 존재다. 이 말에서 생과 사의 구분은 하루가 천년과 같고 천년이 하루와 같다는 성경의 이치를 상상하게 해준다. 초마다 숨을 쉬는 그 호흡이 이미 과거와 현재를 이루고 동시에 미래를 흡입하려는 것처럼 모든 생명체는 돌이킬 수 없는 시간들의 연속성에서 존재하고 있음을 암시하고 있다. 나무는 바람이 깨우는 인식 즉 진리에 대한 인식을 침묵하고 있지만 인간은 그걸 깨닫는 순간 침묵으로 부터 언어로 전환되는 소통을 가지려 한다. 시인의 자세도 역시 마찬가지다. 느티나무는 자기 헌신 즉 '이파리를 아낌없이' 주는 모습과 '말이 없는' 모습을 그려줌으로 느티나무와 화자는 언어의 유무를 떠나 화자와 동일시됨을 알게 해준다. 느티나무는 타자가 아니다. 화자 자체이기도 하다. 침묵으로 있는 존재 탐구나 말이 많은 존재인식이지만, 실은 동일한 것이기 때문이다.

이생의 삶이 단회적이라 할지라도 그것은 사후 세계에 대한 연습이기도 한다. 시 제목의 후회는 실은 인간의 희망이다. 이런 이중성에서 문학이 노리는 순수한 기능 즉 느티나무에 대한 애련이 자기 치유를 만들어 주는 단초를 제시하는 것이다.

3. 시어의 특징

시는 산문과 달리 각종 수사법을 사용한다. 시적 언어운용에 대하여 한 가지 더 살펴보려 한다.

정두모 시인의 작품은 상징어가 많다. 철학적이거나 종교적인 시에서 상징어의 효과는 아주 중요하다. 앞서 말한 상징주의의 역사처럼 상징어는 대부분 크게 개인적인 상징과 대중적 상징으로 대별한다. 대중적 상징어는 이미 사회가 규정한 범위가 있으나 개인적인 언어의 상징성은 새롭고도 독창적이어야 한다. 단 신선하고 추리적 속성이 있어야 한다.

이런 관점에서 작품에 나타난 신선함과 추리성을 몇 곳을 살핌으로 정두모 시인의 특징 중 중요한 부분을 재확인하고자 한다.

예를 든다면 은유라는 비유법도 숨겨서 말한다는 의미다. 언어 전달을 은폐시킴으로 더 설득을 선명하게 하고자 한다.

> 첫 눈이 내리는 날 몇 날이 남은 듯한데
> 구절초는 하늘만 바라보고
> 그 사람은 구절초를 바라볼까?

-「구절초」 부문

짧은 가을이 가면서 눈물을 흘린다.
가야 할 때 가는 것이 아름다운 것
가는 가을을 따라 가겠다며 나선 단풍
가을에 촉촉이 저져가고
내 마음도 가을이 되어 떨어지고 있네

-「가을을 보내며」

「구절초」에서 과거를 회구하며 아직도 남은 시간을 추구한 것이라든지, 「가을을 보내며」에서 과거를 회구하는 사고로 계절을 사용한 것은 표제시에서 나오는 11월과 같은 가을 상징물로 차용하고 있는 것이다.

겨울은 종말론적 의미로 사용한 작품이 여러 곳에서 발견된다. 염세주의자처럼 좌절하거나 낙심하지 않는 담담함. 그렇다고 단품놀이처럼 즐기는 것도 아니다. 단풍으로 지는 가을의 시간은 시계상에 보이는 시간이 아니고 시대적 모습이다. 신화에서 문학을 보면 시간을 다음과 같이 설명하고 있다.'고대인들은 이미 시간이 상대적이라는 생각을 하고 있었다. 그리스의 신화에는 시간의 신이 두 명이다. 한 명은 '크로노스(Chronos)'이고, 또 한 명은 기회의 신이라고도 불리는 '카이로스(Kairos)'이다 전자는 절대적인 시간이며 후자는 상대적인 시간이다. 카이로스의 시간은 기회의 시간이며 결단의 시간이다. 크로노스의 시간은 관리할 수 없지만 카이로스의 시간은 마음먹기에 따라서 얼마든지 늘

릴 수도 있고 줄일 수도 있다. 카이로스의 시간은 주관적인 시간이므로 같은 양의 물리적 시간이라도 사용함에 따라 두 배 혹은 세 배까지도 늘릴 수 있는 것이며, 동시에 그 순간을 놓쳐버린다면 찰나에 불과할 수도 있는 것이다.'

이 작품 안에서 가을이라는 시간은 구별되지 않고 양면성을 가지고 있다. 보통 절대적이며 신적인 시간과 인간의 유한한 상대적 삶의 시간을 굳이 구분하지 않지만, 시인은 고대 그리스는 신이라는 존재로 시간의 본질을 상징화하여 형상화시켜주고 있다. 이 작품은 신적 절대적인 시간 앞에 인간의 상대적인 시간을 겹쳐 말하고 있는 것이다. 가을이란 계절뿐 아니라 겨울도 마찬가지다. 「겨울 고비」 나 「겨울 산으로 간 길」 「시간의 목소리」 등과 같은 자세를 취한다. 물리학에서 실험하는 추상적이고 상상적인 시간보다 시인의 만든 형상화 작업은 납득이 수월하고 분명한 이해를 위해 감각적으로 설득시켜주고 있다.

다른 상징어를 찾아보자. 시집의 전체적으로 크게 흐르는 이미지 중 하나는 그림자란 상징어다.

> 늘 함께 오는구나.
> 알듯 모를 듯 틈바구니 속에 빛이 들어오면
> 숨겨진 시간을 은밀히 담아
> 무명의 수취인에게 보낸다.
> 우연의 기회에 묻어 두자

-「시간의 그림자」 부문

새 날이 날아가고
새 날이 다가오면
웃음으로 머물기를 기대하는 마음에
잔잔한 그림자가 넘어 옵니다.

-「그림자 세우기」부문

개인 상징어는 같은 시집 안에 반복적으로 사용할 때 더욱 확연하게 증명되는 것이다. 예시와 같이 그림자의 사물로 형이상시로 만든 작업처럼「흔들리는 오월」과「빈자리에 머무는 그리움」의 작품 내용에서 그림자를 상징어로 사용하고 있다. 그림자는 단순한 명암을 뜻하지 않는다. 빛에 대한 대칭점에 있는 모든 피조물에 대한 존재담론이다. 그림자는 허상이 아닌 실상을 역설적이며 간접적으로 보여주려 한다. 창조자와 피조물의 관계를 설정하여 그림자는 창조주의 흔적임을 신앙하고 있음을 함축했기에 개인 상징물이 된다. 그림자 자체는 피동적 위치다. 빛과 본질의 투과나 반사로 이루어진 그림자는 인간군상과 같은 것을 알게 해준다.

시집 도처에 여러 상징어로 전경화시킨 창작방법론은 탄탄한 작품론을 기반으로 만든 예술성을 반증하고 있는 것이다. 그림자란 빛이 만들어 주는 사물의 존재 즉 거울과 같은 것이다. 그림자는 스스로는 존재하지 못한다. 그러나 그림자도 허구가 아닌 실상임을 여려 편의 작품에서 보여준다. 빛의 존재로 드러내는 대상의 표현방식을 취하는 시인은 그림자라는 상징물의 시어는 매우 개성적인 시도다. 그림자 같은 현존의식이야 말로 존재론적 탐구다.

4. 마치는 말

정두모 시인의 시집을 융합시론이라는 형식주의 비평에 기초하여 살펴보았다. 이 시론은 구조와 표현 양식을 추려보는 비평학의 갈래다. 융합시의 특징인 시의 이중적 구조, 용융의 심리적 기전, 그리고 문학목적론인 통징의 면을 작품 속에서 살펴보았다. 그러나 이런 방정식 같은 이론에서만 명시가 성립되지 않는다. 역설로 증명되는 바는 좋은 작품은 그런 구조가 확연하게 드러내지고 있다. 이번 시집은 그것을 변증학적으로 보여주고 있음을 확인하였다. 탄탄한 이론위의 실제는 언제나 균일한 미학성의 수준을 보증하고 끊임없이 발전할 수 있음을 기대하게 된다. 특히 정두모 시인의 작품을 이론과 실제를 확인하여 작품이 가지는 미학성의 위치와 좌표를 분명하게 제시하기 위함이다.

에필로그

백향서원으로 가는 길

I 벙어리의 열가슴

고향 옆집에 사는 덕자는 나와 동갑인데 청각장애인이었다. 초등학교 입학하기 전까지 매일 소꿉놀이를 했다.

덕자와 소꿉놀이를 하는데 말이 통하지 않았다. 답답한 때가 한두 번 아니었다. 손짓발짓을 하면서 설명을 하면 알아듣고 함께 웃고 좋아 했다. 어느 때는 손짓 발짓을 하고 얼굴 표정으로 웃고 울어가며 표현해도 알아듣지 못했다. 그 때 덕자는 화를 내며 소꿉을 둘러엎었다. 나는 황급히 도망을 쳤다. 그렇지 않으면 덕자는 돌을 들고 나를 친다. 얼마나 화가 났으면 그렇게 했을까? 그런데 나도 열불이 나고 답답했다.

다음 날 또 덕자를 만나서 또 소꿉놀이를 했다. 어제보다 더 열심히 손짓 발짓을 하면서 얼굴에 모든 표현을 다 지으면서 설명했다. 어제와 같은 일이 일어나지 않기 위해서 무척 노력했다.

왜, 나는 말을 하는데 덕자는 말을 못할까? 내가 말하면 다른 사람은 알아듣는다. 덕자는 알아듣지 못했다.

나는 늦게 목사가 되었다. 목회를 하면서 말을 많이 했다. 그런데 말을 알아듣지 못하는 사람을 보았다. 알아듣지 못하는 사람들에게 문제가 있다 생각했다.

어느 날 소꿉친구 덕자가 생각이 났다. 소꿉놀이 할 때 내가 열심히 말했지만 덕자는 내 말을 알아듣지 못한 것은 청각장애인이라서 그리 하리라 생각했다. 그런데 덕자 입장에서 한번 생각해 봤다. 덕자는 자신의 말을 항상 했다 나는 그 말을 알아듣지 못했다. 그러니 덕자에게 나는 청각장애인이었다.

세상에 갈등과 융합은 관점의 차이다. 어떠한 관점으로 보느냐에 따라서 동질성과 이질성으로 분리 된다.

표준화된 관점이나 나의 관점으로 판단한 것을 신봉하며 어리석게 살았다. 이제는 관점의 일탈을 허용하는 자유를 느껴보면 새로운 세상을 경험한다.

[백향서원]이라는 현판을 걸고 글을 쓴지 35년이 되었다.

백향서원은 삼언三言을 추구한다.

천상득언天上得言

천하무언天下無言

장문일언長文一言

백향서원에서 즐거워서 글을 쓴 때도 있었지만 힘들고 괴로워서 글을 쓴 때도 있었다. 백향서원은 안식처와 도피처였고 새로운 힘을 충천하는 발전소였다. 인생의 위기. 목회의 위기를 극복하는 곳이었다.

II 빈자리를 남겨두라

성급한 판단은 오해와 오류를 범한다.
보는 것
듣는 것
느끼는 것
판단하는 것
생각하는 것은 지극히 부분적이며
수많은 분쟁
끝없는 불신
일치되지 않는 갈등의 배후에는 성급한 판단만이 있었다.

판단은 하나의 의견
의견이란 진리가 아닌 방법론
방법론은 다양하여 선택의 자유를 준다.

경솔한 판단은 경솔한 행동을 하게 한다.
개인의 경험을 기준한 판단만큼 위험한 것은 없다
경험은 개인적이다
자신의 판단을 진리 같이 신봉하지 말라
잘못된 판단일 수 있다는 빈자리를 남겨두라
여유 있는 관계가 형성될 것이다.
사람들은 말과 행동을 판단한다.
하나님은 영혼과 심령과 생각을 판단한다.
나는 이웃을 판단할 만큼

의롭고 정직하고 온전한 사람인가?

-시인은 많은 데 성공한 시인은 누구일까? 시인의 성공은 그 시인이 쓴 많은 시 중에 대중들이 즐겨 암송하며 의미를 추구하는 한편의 시가 있는 자다. 시인은 많고 시는 많은데 남겨진 대중의 가슴에 남겨진 시를 찾기 어렵다.

그러고 보면 가장 성공한 시인은 시편 다윗과 솔로몬이다. 그의 시편 잠언 전도서는 영원불멸의 시요 진리다.

그리하여 십일월에 그린 유화를 상재上梓하는 심정은 부끄러움이다. 관측의 관점이 각각 다른 독자들 앞에 벌거숭이가 된 느낌이다. 빈자리를 조금 남겨 주면 조만간에 봄날의 틈새를 보이려한다.

인생은 결코 단풍이 물든 10월에 후회를 하지 않는다. 12월의 후회는 희망이 없다. 까칠한 11월에 후회는 새로운 날을 준비할 기회를 가진다. 십일월에 그린 유화는 나를 자책하는 심정으로 쓴 글이다. 그리고 새로운 출발을 위한 희망을 위한 글이다. 하오니 당신의 마음에 조그마한 빈자리를 남겨주신다면 더욱 행복할 것이리라.

Ⅲ 침묵에 묻히리.

영혼 깊숙한 곳을 두드리는 소리,
영혼을 영혼 되게 하는 침묵,
만물은 소리가 되고

의미가 되고
천상의 신비함은 침묵이 되고

영혼을 움직이고
마음을 얻으려면 침묵하고

요란함이 머물고
감정에 흘러가고
감각에 맛 들어진 소란스러움들,
소리는
소리로 났다
소리로 지워지는,

희미한 족적 하나 남기려
구름을 만드는 널브러진 자만심들
쉬지 않는 입술 지천에 뿌려진 소리들
언어가 마찰하는 곳에 머물기를 좋아하는 얼굴들

스스로 선택한 침묵은
고요함에 오고 가는 영혼의 맑은 음성들,
영혼 가득 넘쳐흐를 때 번져 가는 웃음들 꽃이 된다.

- 남들 보다 모든 것이 일찍 기회가 왔다.
행운이요 축복이라고들 했다.
남들 보다 모든 것이 일찍 마침표를 찍었다.

나도 아쉬움에 의문을 가졌다.
상상을 넘어선 남다른 오해와 고통과 경험을 하였다.
어둡고 지루한 현실 이였다.

모든 것이 지나고 보니 그것도 순리였다.
그것도 내 탓으로 이해가 되었다.
이제는 원망도 후회도 미움도 시간의 갈피로 들어갔다.
공간 속에 한 인간으로 사고한다.

십일월에 그린 유화는 말하기보다 듣기에天下無言 관점을 가졌다. 말을 잘하고 말을 많이 하고 살았다. 대중을 휘어잡으려는 열망이 강했다. 그러나 귀를 열고 경청하지 않았다. 그래서 그렇게 고집쟁이 같이 살았다.

관찰과 관조의 조화를 이루기 위해서 노력했다. 그것은 내면의 혈투였다. 사람들에게는 어눌한 사람으로 보였다. 그러나 야훼로부터 득한 파동은 깊고 크게 번져 갔다. 한때 웅변이 최고의 설득력을 가진 것으로 생각했다. 인생에 십일월에 느낀 것은 침묵이 기회를 주고 사람을 변화시킴을 알았다. 교과서적인 이론은 오래전에 알았지만 인생의 현장에서 남겨진 교훈은 늦게 다가왔다. 설득 당하며 살아가는 것이 남은 인생의 즐거움이 된다.

모든 사람은 출생할 때 소리치며 온다. 돌아 갈 때는 침묵한다. 소리와 침묵 사에 아직 머무는 것이라면 좀 더 일찍 침묵하며 남은 날을 생각하고 지난 날을 돌아보는 의미에 머물고 싶다. 앞만 보고 달려가면서 넘어진 이웃을 몰랐다. 도착해 보니 혼자였다.

얻은 것이라 했지만 소멸되고 남은 것이 없었다. 뒤돌아 갈수는 없지만 이제는 천천히 묵언수행을 하며 벙어리가 된 즐거움을 즐겨 보려 한다.

Ⅳ 부음을 받은 사람

한번 죽는 것은 사람에게 정한 이치요
예측하기 어려운 죽음은 소리 없이 다가온다.
저마다 죽음은 생각지 않는다.
어떠한 죽음을 바라보며

나의 죽음은 없다는 그 믿음이 천년을 꿈꾸게 하지
어느 날 문턱을 넘어온 죽음 앞에 당황하는 사람들,
유언도 남기지 못하고 맥없이 손을 편다

힘차게 부여잡고 몸부림치든 거친 숨결
거친 한숨으로 마침표를 찍고는 고요하다
부음訃音 소식에 조문으로 돌아서는 얼굴들
영정 앞에서 돌아서는 얼굴들
산천에서 묻고 돌아서는 얼굴들
잊힐 사람을 위하여 사흘을 울지만
삼년이 지나면 지워진 이름은
묘비에 각인되어 나오지 않는다.

생명은 죽음으로 새 생명이 되고

삶은 삶으로 죽음이 되고
부를 수 있는 그대들 쉽게 잊혀 가고
잊힌 그대는 나를 생각지 못하리
죽음은 홀로 맞이하는 것
죽음 앞에 존재는 의미가 없고
하나님 앞에 홀로 서는 것

돌아 설수 없는 길이라면 돌아보지 말고
지워질 사람이라면 스스로 잊혀 가면 어떠하리.
생각지 않는 날 다가오는 그 날이라면
내가 다가서면 죽음도 웃으리까?
지워진 이름을 지워진체로
불리어지는 이름은 부름으로 부음訃音이 되어 가리.

-함께하지 못하면 고독하고 외톨이가 된 기분을 가질 때가 있었다. 이제는 멀어진 것을 가까이 할 수 없고 가까이 하고 싶은 것들도 너무 멀리 있는 듯하다.

다가오는 생의 끝자락이 언제 인지 알 수 없지만 그래도 조금 남은 듯하니 감사하다. 이제는 죽음 앞에 나를 세우고 살아야겠다. 모든 사람들이 다 가는 길이라면 가야하지만 가야 할 길이라면 의미 있게 가야겠다. 그래서 십일월에 그린 유화는 낙엽이 떨어진 풍경의 스산함이 느껴진다. 어쩌면 당연한 것이 아닐까? 인생에 말미에 불타오르는 청춘을 논하는 것은 어색하다.

죽음은 끝이 아니다. 새로운 시작이다. 후회가 많고 가슴앓이가 많은 이 땅에 시간을 뒤로 하고 새로운 시작을 열어주는 죽음을 넘어갈 준비를 하는 마음이 즐겁다.

남은 날에는 상처를 받을 지언즉 상처를 주지 않고 살아야겠다. 미련을 남길 것이라면 아낌없이 베풀고 사랑하고 용서하고 그리고 용서받고 살려한다.

죽은 자는 말이 없지만 아직 살아 있으니 할 말은 남아있다. 남은 말들이 시어가 되어 세상에 한 소절長文一言 남기를 소원한다.

십일월에 그린 유화를 발행하면서 감사하고 고마운 분들이 그립다.

늘 기도하며 사랑을 베풀어 주신 백향서원 후원자들에게 야훼의 은혜가 임하기를 소원한다.

2020. 11. 11.
백향서원장 정두모